El Extraño Caso del Dr. Jekyll y Mr. Hyde

Por

Robert Louis Stevenson

Copyright del texto © 2023 Culturea ediciones
Sitio web : http://culturea.fr
Impresión: BOD - Books on Demand (Norderstedt, Alemania)
Correo electrónico : infos@culturea.fr
ISBN :9791041808106
Depósito legal : abril 2023

LA HISTORIA DE LA PUERTA

El abogado Mr. Utterson era un hombre de semblante adusto, jamás iluminado por una sonrisa; frío, parco y vergonzoso en la conversación; remiso en sentimientos; enjuto, alto, taciturno, aburrido, y sin embargo adorable, en alguna medida. En las reuniones de amigos, y cuando el vino era de su agrado, irradiaba de sus ojos algo eminentemente humano; algo que, a decir verdad, jamás salía a relucir en su conversación, pero que expresaba no sólo con aquellos gestos silenciosos de su cara después de la cena, sino más a menudo y llamativamente en su vida cotidiana. Era austero consigo mismo; bebía ginebra cuando estaba solo, para mortificar su afición por los vinos añejos; y aunque le encantaba el teatro, hacía ya veinte años que no cruzaba las puertas de ninguno. En cambio mostraba una acreditada tolerancia en su trato con los demás; unas veces asombrándose, casi con envidia, de la gran tensión anímica que implicaban sus delitos; y en cualquier situación extrema era más propenso a prestar ayuda que a reprender. «Me inclino por la herejía de Caín —solía decir pintorescamente—: dejo que mi hermano se vaya al diablo por su propio pie». Con este carácter, a menudo tuvo la suerte de ser el último conocido de confianza y la última influencia bienhechora en las vidas de hombres venidos a menos. Y mientras éstos siguieron acudiendo a sus aposentos, jamás les mostró el más leve cambio de actitud.

Sin duda esa proeza le resultaba fácil a Mr. Utterson, ya que era reservado en el mejor de los casos, e incluso sus amistades parecían basarse en una similar liberalidad francamente cordial. Es característico de un hombre modesto el aceptar su círculo de amistades creado de manera casual; y ése era el estilo del abogado. Sus amigos eran los que tenían su misma sangre, o aquéllos a quienes conocía desde hacía más tiempo; sus afectos crecían con el tiempo, como la hiedra, y no implicaban la menor inclinación por el objeto. De ahí, sin duda, el vínculo que le unía con Mr. Richard Enfield, pariente lejano suyo y hombre muy conocido en la ciudad. A muchos les intrigaba qué podían ver el uno en el otro, o qué tema de conversación podían compartir. Quienes se tropezaban con ellos en sus paseos dominicales contaban que no decían nada, que parecían extraordinariamente aburridos, y que acogían con evidente alivio la aparición de un amigo. A pesar de todo eso, aquellos dos hombres otorgaban la mayor importancia a esas excursiones, las consideraban lo más preciado de cada semana y, con tal de poder disfrutarlas sin interrupción, no sólo dejaban de lado ocasiones de placer, sino que incluso se resistían a las demandas de sus negocios.

Sucedió que en uno de aquellos paseos sus pasos los llevaron a una callejuela en un concurrido barrio de Londres. La calle era pequeña y de las consideradas tranquilas, aunque en los días laborables se llevaba a cabo en ella un floreciente comercio. Al parecer, a sus habitantes les iba muy bien, y todos ellos porfiaban con la esperanza de que les fuera todavía mejor y empleaban el excedente de sus ganancias en coquetería; de modo que los escaparates de las tiendas que se alineaban a lo largo de aquella calle parecían invitarle a uno como si fueran filas de sonrientes dependientas. Incluso en domingo, cuando ocultaba sus más floridos encantos y permanecía relativamente vacía de tráfico, la calle resplandecía por contraste con su sórdido vecindario, como un fuego en un bosque; y con sus postigos recién pintados, sus bronces bien pulidos, y la general limpieza y alegría ambiental, atraía y complacía en el acto la mirada del viandante.

A dos puertas de una esquina, a mano izquierda yendo hacia el este, la entrada a un patio rompía el alineamiento de las fachadas; y justo en aquel lugar, la siniestra mole de cierto edificio proyectaba su gablete sobre la calle. Tenía dos pisos de altura; no se veía ninguna ventana, sólo una puerta en la planta baja y un frente ciego de muro descolorido en el piso superior; y en todos sus rasgos mostraba las señales de un prolongado y sórdido abandono. La puerta, desprovista de campanilla o aldaba, estaba excoriada y despintada. Los vagabundos se metían en el hueco y encendían cerillas en los entrepaños; los niños jugaban a las tiendas en los escalones; el colegial había probado su navaja en las molduras; y durante casi una generación nadie parecía haber ahuyentado a aquellos visitantes fortuitos, ni reparado sus destrozos.

Mr. Enfield y el abogado se encontraban al otro lado de la callejuela; pero cuando llegaron frente a la entrada, el primero alzó su bastón y la señaló.

—¿Te has fijado alguna vez en esta puerta? —preguntó; y cuando su compañero le contestó afirmativamente, añadió—: Mi mente la asocia con una historia muy extraña.

—¿De verdad? —dijo Mr. Utterson, con un leve cambio de voz—, ¿y de qué se trata?

—Pues verás, ocurrió así —replicó Mr. Enfield—: Una oscura mañana de invierno, a eso de las tres, regresaba yo a mi casa procedente de algún lugar situado en los confines del mundo y atravesaba una parte de la ciudad donde no había literalmente nada que ver salvo las farolas. Recorrí una interminable sucesión de calles… iluminadas como para una procesión y tan vacías como una iglesia… y todo el mundo estaba dormido, hasta que por fin me sobrevino ese estado de ánimo en el que un hombre presta atención a cualquier ruido y empieza a anhelar la presencia de un policía. De pronto vi dos figuras: una de ellas era un hombrecillo que caminaba a buen paso en dirección hacia el este, y la otra, una niña de unos ocho o diez años que bajaba por la bocacalle corriendo todo lo que podía. En fin, señor, lógicamente ambas figuras se encontraron en la esquina; y entonces se produjo la parte horrible del asunto; pues el hombre pisoteó tranquilamente el cuerpo de la niña y la dejó tendida en el suelo chillando. Contado no parece gran cosa, pero fue horrible verlo. No parecía un hombre; más bien era como un maldito Juggernaut. Lancé un grito, puse pies en polvorosa, cogí por el cuello al caballero y lo volví a llevar a donde ya se había reunido un verdadero grupo en torno a la niña que chillaba. Estaba completamente tranquilo y no opuso resistencia, pero me echó una mirada tan desagradable que me hizo sudar tanto como la carrera que acababa de darme. La gente que se había congregado era la propia familia de la chica; y muy pronto apareció el médico al que precisamente la habían enviado a buscar. En realidad la niña no tenía nada grave sino que más bien estaba asustada, según el matasanos; y con ello podrías suponer que se acababa el asunto. Pero se dio una curiosa circunstancia. Desde el primer momento yo le había tomado aversión a aquel caballero. Lo mismo le había pasado a la familia de la niña, lo cual era perfectamente normal. Pero me sorprendió la reacción del médico. Era el típico galeno rutinario, sin edad ni color de tez concretos, con un fuerte acento de Edimburgo y casi tan emotivo como una gaita. En fin, señor, le pasó lo mismo que al resto de nosotros: cada vez que miraba a mi prisionero, el matasanos palidecía y le entraban ganas de matarlo. Yo sabía lo que pasaba por su mente, lo mismo que él percibía lo que pasaba por la mía; y como no era cuestión de matarlo hicimos lo mejor que podíamos hacer. Le dijimos al hombre que podíamos y estábamos dispuestos a armar tal escándalo por aquello que su nombre sería odiado de un extremo a otro de Londres. Si tenía algún amigo o influencia, nos encargaríamos de que los perdiera. Y mientras arremetíamos contra él acaloradamente, todo el tiempo tuvimos que mantener a distancia a las mujeres lo mejor que pudimos, ya que estaban tan furiosas como arpías. Nunca he visto un conjunto de rostros tan odiosos; y el hombre estaba en medio, con una especie de perversa y socarrona frialdad… asustado también, como pude percibir… pero salió airoso del asunto como un verdadero Satanás.

»—Si quieren sacar provecho de este accidente —dijo—, no puedo hacer nada, por supuesto. Cualquier caballero que se precie desea evitar una escena. Díganme la cantidad.

»En fin, le apretamos las clavijas hasta sacarle cien libras para la familia de la niña; evidentemente él habría preferido no ceder; pero había algo en todos nosotros que indicaba que podíamos causarle daño, y finalmente se rindió. El paso siguiente era conseguir el dinero; y ¿adónde cree usted que nos llevó? Pues a la casa de la puerta… sacó de repente una llave, entró, y volvió en seguida con diez libras en monedas de oro y un cheque por el resto contra el banco de Coutts, librado al portador y firmado con un nombre que no puedo mencionar, aunque sea una de las gracias de mi relato, pero diré por lo menos que era muy conocido y frecuentemente mencionado en los periódicos. La cifra era alta; pero la firma, si era auténtica, valía más que todo eso. Me tomé la libertad de señalar al caballero que todo aquel asunto me parecía apócrifo; y que en la vida real no es normal que un hombre entre por la puerta de un sótano a las cuatro de la mañana y salga con un cheque firmado por otro por un importe de casi cien libras. Pero él estaba muy tranquilo y desdeñoso.

»—Tranquilícense —dijo—. Me quedaré con ustedes hasta que abra el banco y yo mismo haré efectivo el cheque.

»De modo que nos pusimos en camino, el médico, el padre de la niña, nuestro amigo y yo mismo, y pasamos el resto de la noche en mis habitaciones; y al día siguiente, cuando hubimos desayunado, fuimos todos juntos al banco. Yo mismo entregué el cheque y dije que tenía motivos para creer que se trataba de una falsificación. Nada de eso. El cheque era auténtico.

—¡Tate! —dijo Mr. Utterson.

—Veo que tú piensas lo mismo que yo —dijo Mr. Enfield—. Sí, es una fea historia. Pues nuestro hombre era un individuo a quien nadie podía ver, un hombre verdaderamente detestable; y la persona que extendió el cheque era todo un dechado del decoro, célebre además, y (lo que es peor) uno de esos tipos que hacen lo que se suele llamar el bien. Se trata de un chantaje, supongo; un hombre honrado que está pagando muy caro alguna travesura de su juventud. Por consiguiente, la Casa del Chantaje es como yo llamo a aquel lugar de la puerta. Aunque eso, como sabes, está lejos de explicarlo todo —añadió; y tras decir esas palabras se sumió en profundas cavilaciones.

Mr. Utterson le sacó de ellas al preguntarle de pronto:

—¿Sabes si el librador del cheque vive allí?

—Un sitio apropiado, ¿no te parece? —replicó Mr. Enfield—. Pero da la casualidad de que me he fijado en su dirección; vive en cierta plaza por aquí cerca.

—¿Y nunca has preguntado por… aquel lugar de la puerta? —dijo Mr. Utterson.

—No, señor. Me parecía poco delicado —fue su respuesta—. Me resisto mucho a hacer preguntas; participa bastante del estilo del día del Juicio Final. Plantear una pregunta es como lanzar una piedra. Se sienta uno tranquilamente en lo alto de una colina y allá va la piedra, poniendo en marcha a las demás; y en seguida algún tipo anodino (el último en el que uno habría pensado) recibe un golpe en la cabeza en su propio huerto, y la familia tiene que cambiar de nombre. No, señor, tengo por norma que cuanto más dudosa me parece una cosa, menos preguntas hago.

—Una norma muy buena, además —dijo el abogado.

—Pero he examinado aquel lugar por mi cuenta —prosiguió Mr. Enfield—. No parece una casa ni mucho menos. No hay ninguna otra puerta, y nadie entra ni sale por ella, salvo, de vez en cuando, el caballero de mi aventura. En el piso de arriba hay tres ventanas que dan al patio; ninguna en el piso bajo; las ventanas están siempre cerradas, pero limpias. Y además hay una chimenea, que por lo general echa humo; de modo que alguien debe de vivir allí. Sin embargo, no es posible asegurar eso, pues los edificios están tan juntos en torno a ese patio que es difícil decir dónde termina uno y comienza otro.

La pareja volvió a caminar un rato en silencio; luego dijo Mr. Utterson:

—Enfield, esa norma tuya está muy bien.

—Sí, eso creo —replicó Enfield.

—Pero a pesar de todo —continuó el abogado—, hay una cosa que quiero preguntarte: quiero preguntarte cómo se llama el hombre que pisoteó a la niña.

—En fin —dijo Mr. Enfield—, no veo que eso le haga mal a nadie. Era un hombre llamado Hyde.

—¡Hummm! —dijo Mr. Utterson—. ¿Qué aspecto tiene ese hombre?

—No es fácil de describir. Algo le pasa a su aspecto; algo desagradable, algo realmente detestable. Nunca vi a un hombre que me desagradase tanto, y sin embargo seguramente no sabría decir por qué. Debe de estar desfigurado en alguna parte; da la impresión de que es deforme, aunque no podría especificar en qué sentido. Es un hombre de aspecto extraordinario, y sin embargo no puedo mencionar realmente nada fuera de lo común. No, señor; no sabría precisarlo; no puedo describir a ese hombre. Y no es por falta de memoria, pues confieso que es como si lo estuviera viendo ahora mismo.

Mr. Utterson siguió caminando en silencio, obviamente bajo la influencia de alguna cavilación.

—¿Estás seguro de que usó una llave? —preguntó por fin.

—Mi querido señor… —empezó a decir Enfield, que no cabía en sí de la sorpresa.

—Sí, lo sé —dijo Utterson—; sé que debe de parecer extraño. La verdad es que, si no te pregunto el nombre del otro cómplice, es porque ya lo conozco. Ya ves, Richard, que tu relato ha dado en el blanco. Si has sido inexacto en algún punto, más vale que lo corrijas.

—Creo que podrías habérmelo advertido —replicó el otro, con una pizca de resentimiento—. Pero, como dices, he sido exacto hasta la pedantería. Aquel individuo tenía una llave; y lo que es más, la tiene todavía. Le vi usarla no hace ni una semana.

Mr. Utterson suspiró profundamente, pero no dijo ni una palabra; y en seguida prosiguió el joven:

—Otra vez aprenderé a callarme —dijo—. Me avergüenza haberme ido de la lengua. Hagamos un trato: nunca volveremos a mencionar este asunto.

—De todo corazón —dijo el abogado—. Cerremos el trato con un apretón de manos, Richard.

EN BUSCA DE MR. HYDE

Aquella noche Mr. Utterson volvió a su piso de soltero con el ánimo sombrío, y se sentó a cenar sin apetito. Los domingos tenía por costumbre, una vez finalizada esa comida, sentarse junto al fuego con un aburrido volumen de teología en su atril, hasta que el reloj de la iglesia cercana diera las doce, hora en que sensatamente y agradecido se iba a la cama. Aquella noche, sin embargo, en cuanto quitaron la mesa, tomó una vela y entró en su despacho. Allí abrió su caja fuerte, extrajo de su rincón más secreto un documento en cuyo sobre estaba anotado que se trataba del testamento del doctor Jekyll, y se sentó con el ceño ensombrecido a examinar su contenido. El testamento era ológrafo; pues, aunque se había hecho cargo de él una vez terminado, Mr. Utterson se había negado a prestar la menor ayuda en su confección. El testamento estipulaba no sólo que, en caso de fallecimiento de Henry Jekyll, M. D., D. C. L., L. L. D., F. R. S., etc., todas sus propiedades debían pasar a manos de su «amigo y benefactor Edward Hyde», sino que en caso de «desaparición o ausencia inexplicada por un período que rebasara los tres meses», el susodicho Edward Hyde ocuparía el puesto de Henry Jekyll sin más demora, y libre de todo gravamen u obligación, aparte del pago de unas pequeñas sumas a los miembros de la servidumbre del doctor. Aquel documento ofendía la vista del abogado desde hacía mucho tiempo. Le ofendía no sólo como abogado sino como partidario de los aspectos sensatos y habituales de la vida, para quien cualquier extravagancia era impúdica. Hasta entonces había sido su desconocimiento de Mr. Hyde lo que acrecentaba su indignación; ahora, tras un súbito cambio, era su conocimiento. Si era ya bastante grave que el nombre no pudiera decirle nada más, fue peor cuando empezó a revestirse de atributos detestables; y al rasgarse el cambiante y frágil velo que durante tanto tiempo le había nublado la vista, surgió la repentina y precisa premonición de que era un malvado.

—Pensé que era una locura —dijo, mientras volvía a meter el odioso documento en la caja fuerte—; y ahora empiezo a temer que sea una infamia.

A continuación apagó la vela, se puso un gabán y se encaminó en dirección a Cavendish Square, ese baluarte de la medicina donde su amigo, el gran doctor Lanyon, tenía su casa y recibía a su abigarrada clientela. «Si alguien sabe algo, será Lanyon», había pensado.

El solemne mayordomo lo reconoció y le dio la bienvenida; no lo sometió a las interminables antesalas propias de las visitas ordinarias, sino que lo hizo pasar directamente de la puerta al comedor, donde el doctor Lanyon estaba sentado, tomando a solas su vino. Era un caballero cordial, saludable, atildado, de faz rubicunda, con una melena prematuramente blanca y unos modales impetuosos y resueltos. Al ver a Mr. Utterson se levantó de su silla de un salto y le dio la bienvenida tendiéndole ambas manos. La cordialidad habitual de aquel hombre era algo teatral a primera vista; pero se basaba en sentimientos sinceros. Pues ambos eran viejos amigos, antiguos compañeros tanto de colegio como de universidad, profundamente respetuosos de sí mismos y el uno del otro y, lo que no siempre es lógico, ambos disfrutaban a conciencia de su mutua compañía.

Después de divagar un poco, el abogado pasó a ocuparse del asunto que lo tenía preocupado de manera tan desagradable.

—Supongo, Lanyon —dijo—, que tú y yo debemos de ser los dos amigos más viejos que tiene Henry Jekyll.

—Ojalá fuesen más jóvenes esos amigos —dijo el doctor Lanyon, riéndose entre dientes—. Pero supongo que así es. ¿Y a qué viene eso? Ahora lo veo poco.

—¿De veras? —dijo Utterson—. Creía que teníais un vínculo de intereses comunes.

—Lo teníamos —fue su respuesta—. Pero hace ya más de diez años que Henry Jekyll se volvió demasiado extravagante para mi gusto. Empezó a descarriarse, a extraviársele la mente; y aunque, por supuesto, sigo interesándome por él en recuerdo de los viejos tiempos, como suele decirse, lo veo y lo he visto la mar de poco. Tales disparates tan poco científicos —añadió el doctor, enrojeciendo de pronto— habrían enajenado la amistad de Damón y Fintias.

Aquel pequeño arrebato de ira en cierto modo fue un alivio para Mr. Utterson. «Únicamente habrán discrepado en algunas cuestiones científicas», pensó; y no siendo un hombre apasionado por la ciencia (excepto en materia de traspasos de bienes inmuebles), incluso añadió:

—¡No es nada más que eso!

Concedió a su amigo unos cuantos segundos para que recobrase su compostura, y luego abordó la pregunta que había venido a hacer.

—¿Te has tropezado alguna vez con un protegido suyo… un tal Hyde? —preguntó.

—¿Hyde? —repitió Lanyon—. No. Nunca oí hablar de él. En toda mi vida.

Esa fue toda la información que el abogado se llevó consigo a la sombría cama grande en la que se revolvió de un lado para otro hasta que las primeras horas de la mañana empezaron a alargarse. Fue una noche de poca tranquilidad para su esforzada mente, que, asediada por los interrogantes, se afanaba en plena oscuridad.

Las campanas de la iglesia que estaba tan oportunamente próxima a la morada de Mr. Utterson dieron las doce, y él seguía dándole vueltas al problema. Hasta entonces sólo lo había afectado en el aspecto intelectual, pero ahora su imaginación también estaba comprometida, o más bien esclavizada; y mientras estaba acostado y se revolvía en la densa oscuridad de la noche que envolvía la encortinada habitación, el relato de Mr. Enfield pasaba por su mente en una sucesión de imágenes luminosas.

Lo primero que percibía era la gran extensión de farolas de una ciudad en plena noche; luego, la figura de un hombre que caminaba velozmente; después, la de una niña que venía corriendo de casa del médico; y finalmente se encontraban ambos, y aquel Juggernaut humano atropellaba a la niña y pasaba de largo, indiferente a sus chillidos. O si no, divisaba una habitación de una casa lujosa, donde su amigo yacía dormido, soñando y sonriendo en sus sueños; y entonces se abría la puerta de aquella habitación, se apartaban las cortinas del lecho, el durmiente se despertaba y, ¡hete aquí!, allí estaba, a su lado, una figura que tenía ascendiente sobre él, e incluso a altas horas de la noche tenía que levantarse y cumplir sus órdenes. En ambas visiones, aquella figura atormentaba al abogado durante toda la noche; y si en algún momento éste echaba una cabezada, era sólo para verla deslizarse más furtivamente todavía en el interior de casas dormidas, o moverse cada vez con mayor rapidez, hasta marearlo, a través de los inmensos laberintos de la ciudad iluminada por farolas, y en cada esquina atropellaba a una niña y la dejaba chillando. Y la figura todavía no tenía un rostro por el que pudiera reconocerla; ni siquiera en sus sueños tenía rostro, o si lo tenía le desconcertaba y se desvanecía ante sus ojos.

Así fue como surgió y creció rápidamente en la mente del abogado una curiosidad particularmente intensa, casi desmesurada, de contemplar las facciones del auténtico Mr. Hyde. Si pudiera ponerle los ojos encima aunque sólo fuera una vez, pensaba que el misterio se aclararía y quizás se disiparía del todo, como suele suceder con las cosas misteriosas cuando se examinan bien. Podía imaginarse un motivo para la extraña preferencia o servidumbre (llámenlo como quieran) de su amigo, e incluso para las sorprendentes cláusulas del testamento. Y al menos sería un rostro digno de verse: el rostro de un hombre sin entrañas y despiadado, un rostro que, con sólo mostrarse, suscitaría en la mente del impasible Enfield un perdurable sentimiento de odio.

A partir de aquel momento, Mr. Utterson empezó a rondar la puerta que daba a la callejuela de las tiendas. Por la mañana antes de las horas de oficina, al mediodía cuando había mucho trabajo y el tiempo era escaso, por la noche bajo la faz de la luna con la ciudad envuelta en niebla, bajo cualquier luz y a cualquier hora, solitaria o concurrida, se podía encontrar al abogado apostado en el lugar elegido.

«Si él es Mr. Hyde —había pensado—, yo seré Mr. Seek».

Y al final su paciencia fue recompensada. Era una magnífica noche sin lluvia, con escarcha; las calles estaban tan limpias como la pista de un salón de baile; las farolas, impertérritas ante cualquier tipo de viento, dibujaban un estampado uniforme de luces y sombras. A eso de las diez, cuando ya habían cerrado las tiendas, la callejuela estaba muy solitaria y, a pesar de la tenue reverberación de Londres a su alrededor, muy silenciosa. Los sonidos débiles llegaban lejos; los ruidos domésticos procedentes de las casas eran claramente audibles a ambos lados de la calzada; y cuando un viandante se aproximaba, el rumor de sus pasos lo precedía mucho tiempo antes. Mr. Utterson llevaba algunos minutos en su puesto cuando se apercibió de unos extraños pasos ligeros que se aproximaban. En el transcurso de sus rondas nocturnas hacía tiempo que se había acostumbrado al curioso efecto con que las pisadas de una sola persona que todavía está muy lejos surgen de pronto con nitidez del vasto murmullo y estrépito de la ciudad. Sin embargo, su atención nunca se había visto atraída tan repentina y contundentemente; y con una acusada y supersticiosa premonición de éxito, se retiró a la entrada del patio.

Los pasos se acercaron cada vez más rápido y de pronto sonaron más fuerte cuando doblaron el final de la calle. Mirando hacia delante desde la entrada, el abogado pudo ver en seguida el tipo de hombre al que tenía que enfrentarse. Era de baja estatura e iba vestido con sencillez; y su aspecto, incluso a aquella distancia, no predisponía mucho en su favor a quien lo contemplase. Pero se dirigió directamente a la puerta, cruzando la calzada para ahorrar tiempo, y según venía, sacó una llave del bolsillo, como quien se acerca a su casa.

Mr. Utterson salió a su encuentro y cuando pasó a su lado lo tocó en el hombro.

—Me imagino que usted es Mr. Hyde, ¿no es cierto?

Mr. Hyde retrocedió y aspiró una bocanada de aire, emitiendo un sonido sibilante. Pero su miedo fue sólo momentáneo; y aunque no miró a la cara al abogado, respondió con mucha calma:

—Así me llamo. ¿Qué quiere usted?

—Veo que va a entrar —replicó el abogado—. Soy un viejo amigo del doctor Jekyll… Mr. Utterson, que vive en Gaunt Street… usted debe de haber oído mencionar mi nombre. Y ya que lo he encontrado tan oportunamente, pensé que tal vez me dejaría entrar.

—No encontrará en casa al doctor Jekyll; ha salido —respondió Mr. Hyde, metiendo de sopetón la llave. Y luego preguntó de pronto, sin levantar los ojos —: ¿Cómo me ha reconocido?

—¿Querría usted, por su parte —dijo Mr. Utterson—, hacerme un favor?

—Con mucho gusto —respondió el otro—. ¿De qué se trata?

—¿Me permite ver su rostro? —preguntó el abogado.

Mr. Hyde pareció titubear; luego, como si de pronto se lo hubiera pensado mejor, se encaró con él con aire desafiante; y los dos se miraron fijamente el uno al otro durante unos pocos segundos.

—Ahora podré reconocerlo la próxima vez que nos veamos —dijo Mr. Utterson—. Puede ser útil.

—Sí —replicó Mr. Hyde—, está bien que nos hayamos encontrado; y à propos, aquí tiene mi dirección.

Y le dio el número de una calle del Soho.

«¡Madre mía!», pensó Mr. Utterson. «¿Será posible que él también haya estado pensando en el testamento?».

Pero dominó sus sentimientos y se limitó a gruñir agradeciéndole la dirección.

—Veamos —dijo el otro—, ¿cómo me ha reconocido?

—Por la descripción —fue su respuesta.

—¿La descripción de quién?

—Tenemos amigos comunes —dijo Mr. Utterson.

—¡Amigos comunes! —repitió Mr. Hyde, con la voz un tanto ronca.

—Jekyll, por ejemplo —dijo el abogado.

—Él nunca le habló de mí —gritó Mr. Hyde, en un arrebato de ira—. No pensé que usted fuera a mentirme.

—Vamos —dijo Mr. Utterson—, no está bien que hable así.

El otro emitió un sonoro gruñido que en seguida se convirtió en una feroz risotada; y un instante despúes, con extraordinaria rapidez, había abierto la puerta y desapareció en el interior de la casa.

Despúes de que Mr. Hyde se marchara, el abogado se quedó allí un rato, semejando su rostro la viva imagen de la preocupación. Luego empezó a remontar la calle lentamente, deteniéndose a cada paso y llevándose la mano a la frente como si estuviera perplejo. El problema que estaba así deliberando mientras caminaba era de esos que casi nunca se resuelven. Mr. Hyde era pálido y de baja estatura; aunque no tenía ninguna malformación específica, daba la impresión de ser deforme, tenía una sonrisa desagradable; se había comportado con el abogado con una especie de criminal mezcla de timidez y descaro homicida, y hablaba con una voz ronca, susurrante y un tanto entrecortada… todos aquellos rasgos le eran desfavorables, pero ni siquiera todos ellos juntos podían explicar la repugnancia, el asco y el miedo, hasta entonces desconocidos, con que Mr. Utterson lo miraba.

«Tiene que ser otra cosa», se decía el perplejo caballero. «Hay algo más, aunque no sé cómo llamarlo. ¡Que Dios me proteja, ese hombre apenas parece humano! Podríamos decir que tiene algo de troglodita. ¿O tal vez se trate de la vieja historia del doctor Fell? ¿O es la mera irradiación de un alma vil que de ese modo transpira por completo y transfigura su envoltorio de barro? Creo que más bien es esto último; ya que, ¡oh mi bueno de Harry Jekyll!, si alguna vez he visto grabada en un rostro la firma de Satanás, ha sido en el de tu nuevo amigo».

A la vuelta de la esquina de la callejuela había una manzana de casas antiguas y elegantes, deterioradas en su mayoría y alquiladas por pisos y despachos a gente de cualquier clase y condición: grabadores de mapas, arquitectos, turbios abogados, y apoderados de empresas dudosas. Una casa, sin embargo, la segunda a partir de la esquina, estaba todavía habitada en su totalidad; y Mr. Utterson se detuvo frente a su puerta, que tenía un magnífico aspecto de riqueza y bienestar, aunque ahora estuviera sumida en la oscuridad a excepción del tragaluz, y llamó. Un anciano sirviente bien vestido abrió la puerta.

—Poole, ¿está en casa el doctor Jekyll? —preguntó el abogado.

—Voy a ver, Mr. Utterson —dijo Poole, dejando entrar al visitante mientras hablaba en una amplia y confortable sala de techo bajo, pavimentada con baldosas, caldeada (al estilo de las casas de campo) mediante una chimenea y amueblada con costosos bargueños de roble.

—Señor, ¿quiere esperar aquí, junto al fuego? ¿O le enciendo una lámpara en el comedor?

—Aquí, gracias —dijo el abogado; y acercándose a la chimenea, se apoyó en el elevado guardafuegos.

Aquella sala, en la que ahora se había quedado solo, era el antojo favorito de su amigo el doctor; y el propio Utterson solía referirse a ella como la estancia más agradable de Londres. Pero aquella noche un estremecimiento le corría por las venas; el rostro de Hyde no se apartaba de su memoria; sentía náuseas y repugnancia por la vida (lo cual era raro en él); y su lúgubre ánimo parecía intuir una amenaza en los vacilantes reflejos de la lumbre sobre los pulidos bargueños y en los inquietantes juegos de sombras en el techo. Se sintió avergonzado de su alivio cuando en seguida volvió Poole para anunciarle que el doctor Jekyll se había marchado.

—He visto entrar a Mr. Hyde por la puerta de la vieja sala de disección —le dijo Utterson—. ¿Es eso normal cuando el doctor Jekyll no está en casa?

—Completamente normal, Mr. Utterson —respondió el sirviente—. Mr. Hyde tiene una llave.

—Poole, su señor parece depositar mucha confianza en ese joven —prosiguió el otro, pensativo.

—Sí, señor, en efecto —dijo Poole—. Todos nosotros tenemos órdenes de obedecerlo.

—No recuerdo haberme tropezado nunca con Mr. Hyde —dijo Utterson.

—¡Dios mío!, claro que no, señor. Él nunca cena aquí —respondió el mayordomo—. La verdad es que le vemos muy poco por esta parte de la casa; casi siempre entra y sale por el laboratorio.

—En fin, buenas noches, Poole.

—Buenas noches, Mr. Utterson.

Y el abogado se puso en camino hacia su casa con el corazón bastante oprimido, pensó, «me temo que esté con el agua al cuello. Era muy disoluto de joven; de eso hace ya mucho tiempo, por cierto; pero la ley de Dios no establece ninguna limitación. ¡Ah!, debe de ser eso; el fantasma de algún viejo pecado, el cáncer de alguna ignominia oculta; el castigo que llega, pede claudo, años después de que la memoria haya olvidado, y el amor propio perdonado, la falta». Y el abogado, intimidado por aquel pensamiento, dio vueltas durante un rato a su propio pasado, buscando a tientas en todos los recovecos de su memoria, no fuera que por casualidad saltara como un resorte alguna antigua iniquidad y saliera a la luz. Su pasado era bastante irreprochable; pocos hombres podían consultar los anales de su vida con menos recelo; sin embargo se sentía profundamente humillado por las muchas malas acciones que había cometido, y exaltado de nuevo hasta una sobria y temerosa gratitud por las otras muchas que había estado a punto de cometer y había evitado. Y entonces, volviendo al tema anterior, concibió una pizca de esperanza. «Este Mr. Hyde, si se le estudiara», pensó, «debe de tener sus propios secretos: tremendos secretos, a juzgar por su aspecto; secretos comparados con los cuales los peores del pobre de Jekyll serían como un rayo de sol. Las cosas no pueden continuar como están. Me dan escalofríos al pensar en aquel ser acercándose sigilosamente como un ladrón a la cabecera de Harry; pobre Harry, ¡menudo despertar! ¡Y qué peligro! Pues si el tal Hyde sospecha la existencia del testamento, puede impacientarse por heredar. ¡Ah!, debo arrimar el hombro… si es que Jekyll me lo permite…», añadió, «Jekyll me lo permite». Pues una vez más desfilaron por su imaginación, tan nítidas como una transparencia, las cláusulas del testamento.

EL DOCTOR JEKYLL SE ENCONTRABA COMPLETAMENTE A GUSTO

Dos semanas después, por una feliz casualidad, el doctor Jekyll dio una de sus gratas cenas a cinco o seis viejos compinches, todos ellos hombres inteligentes y estimables, y entendidos en buen vino; y Mr. Utterson se las ingenió para quedarse después de que los demás se hubieran marchado. Aquello no era nada nuevo, sino que había acontecido montones de veces. Cuando alguien apreciaba a Utterson, su aprecio era completo. A los anfitriones les encantaba retener al mordaz abogado cuando los despreocupados y los sueltos de lengua tenían ya el pie en el umbral; les gustaba sentarse un rato en su discreta compañía, ejercitándose para la soledad, serenando sus mentes con el generoso silencio de aquel hombre, después del dispendio y las tensiones de la diversión. El doctor Jekyll no era una excepción a esta regla; y ahora, mientras permanecía sentado al lado opuesto del fuego… un hombre de unos cincuenta años, corpulento, fuerte, bien afeitado, con aspecto un tanto malicioso tal vez, pero inequívocamente competente y amable… podía verse por sus miradas que profesaba a Mr. Utterson un sincero y cálido afecto.

—Estaba deseando hablar contigo, Jekyll —empezó a decir este último—. Acerca de tu testamento.

Un observador atento podría haberse dado cuenta de que el tema no resultaba nada grato; mas el doctor, como si tal cosa, salió airoso de la situación.

—Mi buen Utterson —dijo—, has sido poco afortunado con un cliente como yo. Nunca he visto a un hombre tan angustiado como tú por mi testamento; como no sea ese pedante chapado a la antigua de Lanyon ante lo que llamó mis herejías científicas. ¡Ah!, ya sé que es un buen tipo… no hace falta que frunzas el ceño… un tipo estupendo, siempre tengo el propósito de verlo más; pero a pesar de todo eso, un pedante chapado a la antigua; un ignorante y descarado pedante. Ningún hombre me ha decepcionado tanto como Lanyon.

—Ya sabes que yo nunca lo he aprobado —prosiguió Utterson implacablemente, haciendo caso omiso del nuevo asunto.

—¿Te refieres a mi testamento? Sí, desde luego, ya lo sé —dijo el doctor, con cierta acritud—. Ya me lo has dicho.

—Pues bien, te lo vuelvo a decir —continuó el abogado—. Me he enterado de algo relacionado con el joven Hyde.

El rostro ancho y hermoso del doctor Jekyll palideció intensamente y algo tenebroso afloró en su mirada.

—No me apetece oír nada más —dijo—. Creía que habíamos acordado dejar de lado este asunto.

—Lo que oí era abominable —dijo Utterson.

—Eso no cambia nada. No comprendes mi posición —contestó el doctor, de un modo algo incoherente—. Me encuentro en un trance difícil, Utterson; mi situación es muy extraña… muy extraña. Es uno de esos asuntos que no se pueden arreglar hablando.

—Jekyll —dijo Utterson—, ya me conoces: soy un hombre en el que se puede confiar. Confiésamelo en confianza, y te aseguro que podré librarte de ello.

—Mi buen Utterson —dijo el doctor—, eres muy amable, realmente muy amable, y no encuentro palabras para agradecértelo. Te creo plenamente; confiaría en ti antes que en cualquier otro hombre, sí, antes que en mí mismo, si pudiera elegir; pero realmente no es lo que tú te imaginas; no es tan grave como todo eso. Y sólo para tranquilizar a tu buen corazón, te diré una cosa: en el momento que quiera, puedo librarme de Mr. Hyde. Te doy mi palabra respecto a eso, y te lo agradezco una y otra vez; y sólo añadiré unas pocas palabras que estoy seguro, Utterson, que no tomarás a mal: se trata de un asunto privado, y te ruego que lo dejes estar.

Utterson reflexionó un poco, mirando al fuego.

—No me cabe la menor duda de que tienes toda la razón —dijo por fin, poniéndose en pie.

—Pues bien, ya que hemos tocado este asunto, y espero que por última vez

—prosiguió el doctor—, hay un punto que me gustaría que entendieras. La verdad es que el pobre Hyde me interesa mucho. Ya sé que lo has visto; él me lo contó; y me temo que fue descortés contigo. Pero sinceramente tengo un gran interés, grandísimo, por ese joven; y si desaparezco, Utterson, deseo que me prometas que tendrás paciencia con él y harás valer sus derechos. Creo que lo harías, si lo supieras todo; y me quitarías un peso de encima si me lo prometieras.

—No puedo pretender que llegue a gustarme —dijo el abogado.

—No te pido eso —imploró Jekyll, poniendo su mano en el brazo del otro —; sólo pido justicia; sólo te pido que le ayudes por mí, cuando yo ya no esté aquí.

Utterson dejó escapar un suspiro incontenible.

—Está bien —dijo—, lo prometo.

EL CASO DEL ASESINATO DE CAREW

Casi un año después, en el mes de octubre del año 18..., un crimen de singular ferocidad sobresaltó a todo Londres y alcanzó gran notoriedad por la elevada posición de la víctima. Los detalles eran escasos y sorprendentes. Una criada que vivía sola en una casa no lejos del río había subido a acostarse a eso de las once. Aunque la niebla envolvió la ciudad a últimas horas de la tarde, la primera parte de la noche estuvo despejada, y el callejón al que daba la ventana de la criada estaba intensamente iluminado por la luna llena. Al parecer, ella era muy dada al romanticismo, pues se sentó sobre su arcón, que estaba justo debajo de la ventana, y se sumió en ensoñaciones contemplativas. Nunca (solía decir ella, hecha un mar de lágrimas, cuando narraba la experiencia), nunca se había sentido más en paz con todos los hombres ni había apreciado más el mundo.

Y mientras permanecía así, advirtió la presencia de un anciano y guapo caballero de pelo cano, que se acercaba por el callejón; y que otro caballero de muy corta estatura, al que al principio prestó menos atención, se dirigía hacia él. Cuando se encontraron frente a frente (justo ante los ojos de la criada), el anciano se inclinó y abordó al otro con unos modales bastante corteses. El tema de su conversación no parecía ser de gran importancia; en efecto, a juzgar por sus indicaciones, a veces parecía que sólo le estaba preguntando alguna dirección; pero la luna iluminó su rostro mientras hablaba, y la chica se alegró de verlo, tan inocente y anticuada disposición a la bondad parecía irradiar, aunque también cierta altanería que parecía proceder de un bien fundado amor propio. La chica observó en seguida al otro, y le sorprendió reconocer en él a un tal Mr. Hyde, que una vez había visitado a su amo, y al cual ella había cogido antipatía. Llevaba en la mano un pesado bastón, con el cual jugueteaba; pero no respondía ni una sola palabra, y parecía escuchar con impaciencia mal contenida. Y entonces, estalló de pronto en un arrebato de ira, golpeó el suelo con los pies blandiendo el bastón, y se comportó (según lo describió la criada) como un loco. El anciano caballero retrocedió un paso, bastante sorprendido y un poco dolido; y sin más, Mr. Hyde perdió los estribos y lo derribó al suelo a garrotazos. Y un momento después, empezó a pisotear a su víctima con furia simiesca, y le descargó una andanada de golpes, bajo los cuales se oyeron crujir sus huesos, mientras su cuerpo rebotaba sobre la calzada. Horrorizada por lo que estaba viendo y oyendo, la criada se desmayó.

Eran las dos cuando la chica volvió en sí y llamó a la policía. El asesino se había ido hacía tiempo; pero su víctima yacía allí en medio del callejón, increíblemente destrozada. El bastón con que se había llevado a cabo aquella acción, aunque era de cierta madera poco común, muy dura y pesada, se había partido por la mitad bajo el ímpetu de aquella crueldad insensata; y una de sus mitades astilladas había rodado hasta la alcantarilla más próxima… la otra, sin duda, se la había llevado el asesino. Encima de la víctima se encontró un monedero y un reloj de oro, pero ninguna tarjeta o documento, a excepción de un sobre cerrado y sellado, que probablemente iba a echar al correo, y que llevaba el nombre y la dirección de Mr. Utterson.

A la mañana siguiente dicho sobre fue entregado al abogado antes de que se hubiese levantado; y en cuanto lo hubo visto y le contaron las circunstancias, soltó una solemne insolencia.

—No diré nada hasta haber visto el cadáver —dijo—; esto puede ser muy serio. Tenga la amabilidad de esperar mientras me visto.

Y con igual semblante serio se apresuró a desayunar y se dirigió en coche a la comisaría de policía, adonde habían llevado el cadáver. Nada más entrar en la celda, asintió con la cabeza.

—Sí —dijo—, lo reconozco. Siento decir que se trata de sir Danvers Carew.

—¡Madre mía, señor! —exclamó el agente de policía—, ¿será posible?

Y un instante después se le iluminaron los ojos de ambición profesional.

—Esto dará mucho que hablar —dijo—. Tal vez pueda usted ayudarnos a encontrar a ese hombre.

Y contó sucintamente lo que la criada había visto, y mostró el bastón roto.

Mr. Utterson había temblado al oír mencionar a Mr. Hyde; pero cuando le pusieron delante el bastón, ya no le cupo la menor duda: aunque estaba partido y destrozado, lo reconoció como el que él mismo había regalado a Henry Jekyll varios años antes.

—¿El tal Mr. Hyde es una persona de corta estatura? —inquirió.

—Bastante bajo y de aspecto particularmente malvado, según afirma la criada —dijo el agente de policía.

Mr. Utterson reflexionó; y luego, alzando la cabeza, dijo:

—Si se viene conmigo en el coche que he alquilado —dijo—, creo que podré llevarlo a su casa.

Para entonces serían ya las nueve de la mañana, y habían hecho su aparición las primeras nieblas de la temporada. Un gran velo de color chocolate encapotaba el cielo, pero el viento no dejaba de soplar, dispersando aquellos acuciantes vapores; de modo que, mientras el coche de alquiler circulaba lentamente de calle en calle, Mr. Utterson contempló una portentosa cantidad de grados y matices de penumbra: aquí, oscuro como la noche cerrada; allí, un resplandor de un color marrón subido, chillón, como procedente de un extraño incendio; y por un momento la niebla se dispersaba por completo, y entre sus arremolinadas volutas asomaba un macilento rayo de luz diurna. Visto bajo aquellos destellos cambiantes, el deprimente barrio del Soho, con sus calles embarradas, sus desaseados transeúntes y sus farolas, que no habían sido apagadas o las habían vuelto a encender para combatir aquella nueva y lúgubre invasión de la oscuridad, le parecía al abogado que formaba parte de alguna ciudad de pesadilla. Además, sus pensamientos eran de lo más pesimista; y cuando echó una ojeada a su acompañante en aquel trayecto, tuvo conciencia de ese amago de terror a la ley y a sus representantes que puede asaltar a veces incluso a los más honrados.

Cuando el coche de alquiler se paró delante de la dirección indicada, la niebla se levantó un poco y le mostró una sórdida calle, una taberna, una humilde casa de comidas francesa, una tienda de venta al por menor de revistas sensacionalistas a un penique y lechugas a dos peniques, muchos niños harapientos apiñados en los portales, y diversas mujeres de diferentes nacionalidades que salían, llave en mano, a tomar un trago matutino; y un instante después la niebla, de color pardo oscuro como la tierra de sombra, se instaló de nuevo en aquel lugar y lo aisló de aquel ambiente canallesco. Aquél era el hogar del protegido de Henry Jekyll; de un hombre que iba a heredar un cuarto de millón de libras esterlinas.

Una anciana de rostro marfileño y cabello plateado abrió la puerta. Tenía un semblante depravado, suavizado por la hipocresía; pero sus modales eran excelentes. Sí, les dijo, aquella era la casa de Mr. Hyde, pero él no estaba;

aquella noche había vuelto muy tarde pero se había marchado de nuevo hacía menos de una hora: no era nada extraño, sus hábitos eran muy irregulares y se ausentaba a menudo; por ejemplo, ayer hizo casi dos meses que no lo había visto.

—Muy bien, entonces, queremos ver su piso —dijo el abogado; y cuando la mujer empezó a decir que era imposible, añadió—: Será mejor que le diga a usted quién es esta persona que me acompaña. Es el inspector Newcomen, de Scotland Yard.

Un detestable destello de júbilo cruzó el rostro de la mujer.

—¡Ah! —dijo—, ¡tiene problemas! ¿Qué ha hecho?

Mr. Utterson y el inspector intercambiaron miradas.

—No parece un personaje muy popular —observó el último—. Y ahora, buena mujer, permita que este caballero y yo echemos un vistazo.

De la totalidad de la casa, que, salvo por la anciana, permanecía inhabitada, Mr. Hyde sólo utilizaba un par de habitaciones; pero éstas estaban amuebladas con lujo y buen gusto. Había una despensa llena de vinos; la vajilla era de plata, la mantelería fina; un valioso cuadro colgaba de la pared, regalo (suponía Utterson) de Henry Jekyll, que era todo un experto; y las alfombras eran de pelo largo y de agradables colores. En aquel momento, sin embargo, las habitaciones tenían todo el aspecto de haber sido registradas recientemente y con precipitación: había ropa tirada por el suelo con los bolsillos vueltos, los cajones con cerradura estaban abiertos y en la chimenea había un montón de cenizas grises, como si se hubieran quemado muchos papeles. De entre aquellos rescoldos el inspector desenterró el extremo de un talonario de cheques verde, que había resistido la acción del fuego; la otra mitad del bastón fue encontrada detrás de la puerta; y, como aquello confirmaba sus sospechas, el policía declaró estar encantado. Una visita al banco, donde se comprobó que el asesino tenía un saldo positivo de varios miles de libras, colmó su satisfacción.

—Puede estar seguro, señor —le dijo a Utterson—, de que lo tengo en mis manos. Debe de haber perdido la cabeza, pues de otro modo jamás habría abandonado el bastón ni, menos aún, quemado el talonario de cheques. Pues el dinero es vital para ese hombre. Lo único que tenemos que hacer es esperarlo en el banco y distribuir octavillas con su filiación.

Esto último, sin embargo, no era tan fácil de llevar a cabo, ya que Mr. Hyde contaba con pocos amigos íntimos: incluso el patrón de la sirvienta sólo lo había visto un par de veces; no se pudo localizar a su familia por ninguna parte; nunca lo habían fotografiado; y los pocos que podían ofrecer una descripción suya disentían completamente, como suele ocurrir con los observadores normales. Sólo estaban de acuerdo en un punto: la obsesiva y tácita sensación de deformidad con que impresionaba a todos aquellos que lo contemplaban.

EL INCIDENTE DE LA CARTA

La tarde estaba ya muy avanzada cuando Mr. Utterson consiguió llegar a la puerta del doctor Jekyll, donde fue admitido inmediatamente por Poole y conducido, a través de las dependencias de la cocina y de un patio que antes había sido un jardín, al edificio conocido indistintamente como laboratorio o sala de disección. El doctor había comprado la casa a los herederos de un famoso cirujano; y, como le gustaba más la química que la anatomía, había cambiado el destino del bloque que había al fondo del jardín.

Era la primera vez que el abogado era recibido en aquella parte de la residencia de su amigo, por lo que observó con curiosidad la sórdida construcción sin ventanas y miró a su alrededor con una desagradable sensación de extrañeza; aquel escenario, hace tiempo atestado de estudiantes entusiasmados y ahora desolado y solitario, las mesas cargadas de aparatos de química, el suelo cubierto de cajones y sembrado de paja para embalajes, apenas iluminado por una luz tenue que se filtraba a través de la velada cúpula. Al otro extremo, un tramo de escaleras subía hasta una puerta cubierta de tapete verde; y al atravesarla, Mr. Utterson fue introducido finalmente en el gabinete del doctor. Era una habitación amplia, rodeada de vitrinas, amueblada, entre otras cosas, con un espejo de cuerpo entero y una mesa de despacho, y provista de tres ventanas polvorientas con barrotes de hierro que daban al patio. En la chimenea ardía un fuego, y había una lámpara encendida sobre la repisa, pues la espesa niebla empezaba a extenderse incluso en el interior de las casas, y allí, cerca del fuego, estaba sentado el doctor Jekyll, dando la impresión de encontrarse muy enfermo. No se levantó para recibir a su visitante, sino que le tendió una mano helada y le dio la bienvenida con voz demudada.

—Y bien —dijo Utterson, en cuanto Poole se hubo marchado—, ¿te has enterado de las noticias?

El doctor se estremeció.

—Las estaban pregonando en la plaza —dijo—. Las oí en mi comedor.

—Escucha —dijo el abogado—, Carew era cliente mío, pero también lo eres tú; y quiero saber lo que estoy haciendo. ¿No estarás cometiendo una locura al ocultar a ese individuo?

—Utterson, lo juro por Dios —exclamó el doctor—. Juro por Dios que nunca le volveré a poner los ojos encima. Te doy mi palabra de honor de que he acabado con él para siempre. Todo ha terminado. En realidad, él no necesita mi ayuda; tú no lo conoces como yo; está a salvo, completamente a salvo; fíjate en lo que te digo: nunca más se volverá a oír hablar de él.

El abogado lo escuchaba con melancolía; no le gustaba la febril actitud de su amigo.

—Pareces estar muy seguro de él —dijo—; y espero, por tu bien, que tengas razón. Si se llegase a celebrar un juicio, tu nombre podría salir a la luz.

—Estoy completamente seguro de él —replicó Jekyll—; los motivos que tengo para esa certeza no los puedo compartir con nadie. Pero hay una cosa sobre la que puedes aconsejarme. He... recibido una carta; y no sé si debería mostrársela a la policía. Me gustaría dejarla en tus manos, Utterson; tú sabrás juzgar prudentemente, estoy seguro. Confío en ti plenamente.

—¿Temes, pues, que eso podría conducir a su localización? —preguntó el abogado.

—No —dijo el otro—. No puedo decir que me importe lo que le pase a Hyde; he terminado por completo con él. Estaba pensando en mi propia reputación, que con este odioso asunto ha quedado bastante expuesta.

Utterson caviló durante un rato; le sorprendía el egoísmo de su amigo, y sin embargo le aliviaba.

—Pues bien —dijo por fin—, déjame ver la carta.

La carta estaba escrita con letra pequeña y picuda, y firmada; e indicaba, muy brevemente, que el benefactor del remitente, el doctor Jekyll, a quien durante tanto tiempo había pagado tan indignamente sus muchas generosidades, no tenía que preocuparse por su seguridad, pues disponía de medios para escapar, en los que confiaba plenamente. Al abogado le gustó bastante aquella carta: presentaba la intimidad entre Jekyll y Hyde con colores más favorables de lo que él se había imaginado; y se censuró a sí mismo por algunas de sus anteriores sospechas.

—¿Tienes el sobre? —preguntó.

—Lo quemé —respondió Jekyll— sin pensar en lo que hacía. Pero no llevaba ningún matasellos. La misiva fue entregada en mano.

—¿Permites que me quede con ella y consulte con la almohada? —preguntó Utterson.

—Quisiera que me dieras tu opinión —fue la respuesta—. He perdido la confianza en mí mismo.

—Bien, lo pensaré —respondió el abogado—. Y ahora una cosa más: ¿fue Hyde quien dictó los términos de tu testamento relacionados con tu desaparición?

El doctor pareció que iba a desmayarse; mantuvo la boca bien cerrada y asintió con la cabeza.

—Lo sabía —dijo Utterson—. Tenía intención de asesinarte. De buena te has librado.

—He conseguido algo más que todo eso —repuso el doctor solemnemente —: he recibido una lección… ¡Dios mío, y qué lección, Utterson!

Y por un momento se cubrió el rostro con las manos.

Cuando salía, el abogado se detuvo y cruzó unas palabras con Poole.

—A propósito —dijo—, hoy han entregado en mano una carta: ¿qué aspecto tenía el mensajero?

Pero Poole afirmó categóricamente que no había llegado nada salvo el correo.

—Y eran sólo circulares —añadió.

Aquellas noticias reavivaron los temores del visitante. Evidentemente la carta había llegado a través de la puerta del laboratorio; de hecho, posiblemente había sido escrita en el gabinete del doctor; y si fue así, debía ser juzgada de otro modo, y tratada con más cautela. Cuando iba por la calle, los repartidores de periódicos gritaban por las aceras hasta enronquecer.

Era la oración fúnebre de un amigo y cliente; y no pudo evitar un cierto temor a que el buen nombre de otro se viera arrastrado por el torbellino del escándalo. La decisión que tenía que tomar era, por lo menos, delicada; y, aunque solía ser muy independiente, empezó a abrigar el deseo de pedir consejo a otros. No podía obtenerlo directamente; pero quizás, pensó, podría rebuscar un poco.

Inmediatamente después, se sentó a un lado de su propia chimenea, con Mr. Guest, su principal pasante, al otro extremo, y a mitad de camino entre ambos, a una distancia del fuego calculada con precisión, una botella de un especial vino añejo que durante mucho tiempo había estado depositada en los sótanos de su casa, protegida del sol. Todavía suspendida al vuelo, la niebla cubría la ciudad, y las farolas brillaban tenuemente como carbúnculos; y abriéndose paso entre aquellas nubes perdidas que lo envolvían todo, el desfile de la vida ciudadana seguía llegando a raudales a través de las grandes arterias con el estruendo de un fuerte vendaval. Pero la lumbre alegraba la habitación. Los ácidos hacía mucho tiempo que se habían disipado en la botella; el majestuoso tinte se había suavizado con el paso del tiempo, al igual que se difuminan los colores en las vidrieras; y el arrebol de las cálidas tardes de otoño en los viñedos de las laderas estaba a punto de aflorar y de dispersar las nieblas de Londres.

Imperceptiblemente, el abogado se fue ablandando. Con ningún otro hombre tenía menos secretos que con Mr. Guest; y no siempre estaba seguro de que fueran tantos como él quisiera. Guest había visitado a menudo la casa del doctor por asuntos profesionales; conocía a Poole, y era poco probable que no hubiese oído hablar de la familiaridad con que Mr. Hyde entraba y salía de la casa; podría sacar conclusiones: ¿no era conveniente, pues, que viese una carta que explicaba aquel misterio? Y sobre todo, dado que Guest era un gran estudioso y perito en escritura a mano, ¿consideraría que aquel paso era lógico y condescendiente? El empleado además era asesor jurídico; sería raro que leyera un documento tan extraño sin hacer alguna observación; y mediante aquella observación Mr. Utterson podría determinar su rumbo futuro.

—Ese asunto relacionado con sir Danvers es bastante lamentable —le dijo.

—Sí, señor, en efecto. Ha provocado a buena parte de la opinión pública —repuso Guest—. Ese hombre, por supuesto, estaba loco.

—Me gustaría saber qué opina usted sobre esto —replicó Utterson—. Tengo aquí un documento de su puño y letra; debe quedar entre nosotros, pues no sé muy bien qué hacer con él; cuando menos es un feo asunto. Pero ahí está; es típico de él: el autógrafo de un asesino.

Los ojos de Guest se iluminaron e inmediatamente se sentó y lo examinó con pasión.

—No, señor —dijo—; no está loco; pero la letra es muy extraña.

—Y al decir de todos, él es tan extraño como su forma de escribir —añadió el abogado.

En aquel preciso momento entró el criado con una misiva.

—¿Es del doctor Jekyll, señor? —inquirió el pasante—. Creo reconocer la letra. ¿Es realmente privada, Mr. Utterson?

—No es más que una invitación a cenar. ¿Por qué? ¿Quiere verla?

—Sólo un momento. Gracias, señor —y el pasante puso las dos hojas de papel, una al lado de la otra, y comparó diligentemente sus contenidos—. Gracias, señor —dijo por fin, devolviéndole ambas—; es un autógrafo muy interesante.

Hubo una pausa, durante la cual Mr. Utterson se debatió consigo mismo.

—¿Por qué la ha comparado, Guest? —preguntó de pronto.

—Verá usted, señor —respondió el empleado—, existe un parecido bastante singular; los dos tipos de escritura son idénticos en muchos aspectos: sólo difieren en la inclinación de la letra.

—¡Qué raro! —dijo Utterson.

—Sí, como usted dice, es bastante raro —respondió Guest.

—Yo no hablaría de esta misiva, ¿sabe? —dijo el abogado.

—Claro que no, señor —contestó el pasante—. Lo comprendo.

Pero en cuanto Mr. Utterson se quedó solo aquella noche, guardó la misiva en su caja fuerte, donde desde entonces ha estado depositada.

«¡Cómo!», pensó. «¡Henry Jekyll falsifica una firma para proteger a un asesino!».

Y la sangre se le heló en las venas.

EL EXTRAORDINARIO INCIDENTE DEL DOCTOR LANYON

Pasó el tiempo; se ofrecieron miles de libras de recompensa, pues la muerte de sir Danvers fue tomada como una ofensa pública; pero Mr. Hyde había desaparecido sin que la policía diera con él, como si nunca hubiese existido. Se desenterró gran parte de su pasado, en efecto, y era bastante lamentable: se contaban historias acerca de la crueldad de aquel hombre, tan insensible y violento al mismo tiempo, de su infame vida, de sus extrañas compañías, del odio que parecía haber rodeado a sus andanzas; pero de su actual paradero, ni el menor indicio. Desde que había abandonado su casa en el Soho la mañana del crimen, sencillamente se había esfumado; y poco a poco, según pasaba el tiempo, Mr. Utterson empezó a recuperarse de su acuciante inquietud y estaba cada vez más en paz consigo mismo. A su modo de ver, la muerte de sir Danvers estaba más que compensada con la desaparición de Mr. Hyde. Suprimida ya aquella influencia nefasta, una nueva vida comenzaba para el doctor Jekyll. Salió de su aislamiento, reanudó sus relaciones con los amigos, y se convirtió una vez más en el consabido invitado y anfitrión; y aunque siempre había sido conocido por su caridad, ahora se distinguía no menos por su religiosidad. Estaba ocupado, pasaba mucho tiempo al aire libre, hacía el bien; su rostro parecía más sincero y luminoso, como si por dentro fuera consciente de estar a disposición de los demás; y durante más de dos meses, el doctor vivió en paz.

El día 8 de enero Utterson había cenado en casa del doctor con un pequeño grupo de invitados, entre ellos Lanyon; y el anfitrión había mirado a uno y a otro como en los viejos tiempos, cuando formaban un trío de amigos inseparables. El día 12, y de nuevo el 14, el abogado se encontró con la puerta cerrada.

—El doctor está confinado en casa —le dijo Poole—, y no recibe a nadie.

El día 15 lo intentó de nuevo, y volvió a ser rechazado; y dado que durante los dos últimos meses se había acostumbrado a ver a su amigo casi a diario, aquel retorno a la soledad pesó en su ánimo. La quinta noche recibió en casa a Guest para cenar con él; y la sexta se fue a ver al doctor Lanyon.

Allí al menos no le negaron la entrada; pero una vez dentro, le sorprendió el cambio que había experimentado el aspecto del doctor. Llevaba escrito en su rostro de manera legible que estaba condenado a muerte. Aquel hombre de tez sonrosada estaba mucho más pálido; había adelgazado; visiblemente estaba más viejo y más calvo; y sin embargo, aquellas muestras de una rápida decadencia física no llamaron tanto la atención del abogado como la expresión de su mirada y su actitud, que parecían revelar un pánico profundamente arraigado en su mente. Era poco probable que el doctor temiese a la muerte; y sin embargo, era eso lo que Utterson estuvo tentado de sospechar.

«Sí», pensó; «él es médico, debe de conocer su propio estado y saber que sus días están contados; y ese conocimiento le resulta insoportable».

Y sin embargo, cuando Utterson comentó su mal aspecto, Lanyon declaró con gran firmeza que estaba condenado a muerte.

—He sufrido una conmoción —dijo—, y jamás me recobraré. Es cuestión de semanas. En fin, la vida ha sido agradable; me ha gustado; sí, señor, solía gustarme. A veces pienso que si supiéramos todo lo que puede depararnos, nos alegraríamos más al abandonarla.

—Jekyll también está enfermo —observó Utterson—. ¿Lo has visto?

Pero la expresión del rostro de Lanyon cambió a la vez que alzaba una mano temblorosa.

—No quiero volver a ver al doctor Jekyll ni oír una sola palabra más sobre él —dijo, en voz alta, entrecortada—. He terminado completamente con esa persona; y te ruego que me ahorres cualquier alusión a alguien a quien considero muerto.

—¡Tate! —dijo Mr. Utterson; y luego, tras una considerable pausa, preguntó—: ¿Puedo hacer algo? Los tres somos viejos amigos, Lanyon; no viviremos lo suficiente para hacer otros nuevos.

—Nada puede hacerse —respondió Lanyon—; pregúntale a él.

—No quiere verme —dijo el abogado.

—Eso no me sorprende —fue la respuesta—. Algún día, Utterson, después de que me haya muerto, tal vez llegues a enterarte de los pormenores de todo este asunto. Yo no puedo contártelos. Y mientras tanto, si puedes quedarte para hablar conmigo de otras cosas, por el amor de Dios, hazlo; pero si no puedes evitar ese maldito asunto, entonces vete, en el nombre de Dios, pues yo no puedo soportarlo.

En cuanto llegó a su casa, Utterson se puso a escribir a Jekyll, quejándose de que no lo admitiese en su casa y preguntándole por el motivo de su desafortunada ruptura con Lanyon; y al día siguiente recibió una larga respuesta, en ocasiones redactada con mucho patetismo, y en otras, enigmáticamente misteriosa en cuanto a su sentido. La riña con Lanyon fue irremediable.

«No culpo a nuestro viejo amigo», escribía Jekyll, «pero comparto su opinión de que no debemos vernos más. De ahora en adelante, tengo la intención de llevar una vida de total aislamiento; no debes sorprenderte, ni dudar de mi amistad, si mi puerta permanece a menudo cerrada incluso para ti. Debes permitir que siga mi propio camino, por muy misterioso que te parezca. He atraído sobre mí un castigo y un peligro que no puedo nombrar. Soy el mayor de los pecadores, y también el que más sufre de todos. No podía imaginar que en esta tierra hubiese lugar para sufrimientos y terrores tan inhumanos; y tú, Utterson, no puedes hacer más que una cosa para aliviar ese destino: respetar mi silencio».

Utterson se quedó asombrado; la siniestra influencia de Hyde había desaparecido, el doctor había vuelto a sus antiguas actividades y amistades; hacía una semana, el futuro parecía sonreírle prometiéndole una vejez jovial y honorable; y ahora, en sólo un momento, las amistades, la tranquilidad de espíritu y todo el curso de su vida, se habían desbaratado. Un cambio tan grande e improvisado indicaba que estaba loco; pero, considerando la actitud y las palabras de Lanyon, el motivo debía de ser más profundo.

Una semana después el doctor Lanyon se metía en la cama y en algo menos de dos semanas había muerto. La noche después del funeral, que le había afectado de forma lamentable, Utterson se encerró con llave en su despacho y, allí sentado a la melancólica luz de una vela, sacó y puso ante sí un sobre manuscrito y lacrado con el sello de su difunto amigo.

«Privado: para entregar en mano solamente a J. G. Utterson y, en caso de que éste hubiera muerto antes, para ser quemado sin leer».

Ese era el categórico mensaje escrito en el sobre; y el abogado tuvo miedo de mirar el contenido.

«Hoy he enterrado a un amigo», pensó, «¿y si esto me costase otro?».

Y entonces, renegando de aquel temor por considerarlo un síntoma de deslealtad, rompió el sello. En el interior había otro sobre, igualmente lacrado, en el que se indicaba: «No abrir hasta la muerte o desaparición del doctor Henry Jekyll». Utterson no daba crédito a sus ojos. Sí, ponía «desaparición»; aquí también, como en aquel demencial testamento, que hacía tiempo había devuelto a su autor; aquí también estaba implicado Henry Jekyll y se mencionaba su posible desaparición. Pero en el testamento, dicha mención había surgido por siniestra sugerencia de Hyde; estaba allí con un propósito totalmente evidente y horrible. ¿Qué podía significar, pues, escrita por la mano de Lanyon? Una gran curiosidad incitaba al fideicomisario a desatender la prohibición, y a zambullirse de inmediato hasta el fondo de aquellos misterios; pero el honor profesional y la confianza en su difunto amigo eran obligaciones ineludibles; y el paquete fue a parar al más recóndito rincón de su caja fuerte.

Pero una cosa es mortificar la curiosidad, y otra vencerla; y no podía sorprender que, a partir de aquel día, Utterson buscara con igual ansia la compañía del único amigo que le quedaba. Pensaba en él con cariño; pero sus pensamientos eran preocupantes y tremendos. Fue a visitarlo, en efecto; pero posiblemente se sintió aliviado al serle negada la entrada; quizás, en el fondo de su corazón, prefería hablar con Poole en el umbral de la casa, rodeado del ambiente y los ruidos de la ciudad abierta, antes que ser admitido en aquella casa de cautiverio voluntario, y sentarse a hablar con su inescrutable recluso. La verdad es que las noticias que Poole tenía que comunicarle no eran demasiado agradables. El doctor, al parecer, se encerraba cada vez más en su gabinete encima del laboratorio, donde a veces incluso dormía: estaba muy abatido, hablaba muy poco, no leía; parecía que algo le obsesionaba. Utterson se acostumbró tanto a aquellos rumores, siempre los mismos, que, poco a poco, fue disminuyendo la frecuencia de sus visitas.

EL INCIDENTE DE LA VENTANA

Un domingo, cuando Mr. Utterson daba su habitual paseo con Mr. Enfield, ocurrió que una vez más tuvieron que pasar por la callejuela; y que, cuando llegaron frente a la puerta, se detuvieron ambos a mirarla.

—En fin —dijo Enfield—, por lo menos aquella historia ha terminado. Nunca más veremos a Mr. Hyde.

—Espero que no —dijo Utterson—. ¿Te he contado que una vez me lo encontré, y sentí por él la misma repulsión que tú?

—Era imposible una cosa sin la otra —respondió Enfield—. Y a propósito,

¡qué estúpido debí de parecerte cuando no supe reconocer que esta era la entrada trasera de la casa del doctor Jekyll! En parte fue culpa tuya que lo descubriera, cuando eso ocurrió.

—Así que ya lo has descubierto, ¿no es cierto? —dijo Utterson—. Pues, siendo así, podemos entrar al patio y echar una ojeada a las ventanas. Si quieres que te diga la verdad, me preocupa el pobre Jekyll; y tengo la impresión de que, incluso desde fuera, la presencia de algún amigo podría sentarle bien.

El patio estaba muy frío y algo húmedo, y aunque por encima de nosotros el sol de poniente todavía iluminaba el cielo, unas prematuras penumbras lo invadían todo. De las tres ventanas, la de en medio estaba entreabierta; y sentado junto a ella, tomando el fresco con una expresión de tristeza infinita, como un prisionero desconsolado, Utterson vio al doctor Jekyll.

—¡Caramba, Jekyll! —exclamó—. Espero que te encuentres mejor.

—Estoy muy deprimido, Utterson —contestó el doctor sombríamente—; muy deprimido. No duraré mucho, gracias a Dios.

—Pasas demasiado tiempo en casa —dijo el abogado—. Deberías salir, para activar la circulación, como hacemos Enfield y yo. (Te presento a mi primo… Mr. Enfield… aquí, el doctor Jekyll). Venga, vamos; coge tu sombrero y date una vuelta con nosotros.

—Eres muy amable —suspiró el otro—. Me gustaría mucho; pero no, no; es totalmente imposible; no me atrevo. Pero realmente, Utterson, me alegro mucho de verte; de verdad que es un gran placer. Os pediría que subierais, a ti y a Mr. Enfield, pero la verdad es que no hay sitio.

—Pues bien, entonces —dijo el abogado, afablemente—, lo mejor que podemos hacer es quedarnos aquí y hablar contigo desde donde estamos.

—Eso era precisamente lo que iba a permitirme proponeros —respondió el doctor, sonriendo.

Pero antes de que acabase de pronunciar aquellas palabras, la sonrisa se borró de su rostro para dar paso a una expresión tan abyecta de terror y desesperación que los dos caballeros de abajo sintieron que se les helaba la sangre. Sólo alcanzaron a verla fugazmente, ya que inmediatamente la ventana se cerró de golpe; pero aquella vislumbre había sido suficiente y, dándose la vuelta, abandonaron el patio sin pronunciar una sola palabra. Recorrieron la callejuela, también en silencio, y sólo cuando llegaron a una calle cercana, en la que incluso en domingo todavía había algunos indicios de vida, Mr. Utterson finalmente se volvió y miró a su compañero. Ambos estaban pálidos, y el terror se reflejaba en sus ojos.

—¡Que Dios nos perdone! ¡Que Dios nos perdone! —dijo Mr. Utterson.

Pero Mr. Enfield se limitó a asentir con la cabeza muy en serio y siguieron caminando en silencio.

LA ÚLTIMA NOCHE

Una noche después de cenar, Mr. Utterson estaba sentado junto al fuego cuando le sorprendió recibir la visita de Poole.

—Caramba, Poole, ¿qué le trae por aquí? —exclamó; y luego, volviéndolo a mirar, añadió—: ¿Qué le sucede?; ¿está enfermo el doctor?

—Mr. Utterson —dijo—, algo está pasando.

—Tome asiento y bébase un vaso de vino —dijo el abogado—. A ver, tómese el tiempo que quiera y dígame sin rodeos lo que desea.

—Usted, señor, ya conoce los hábitos del doctor —replicó Poole—, y sabe cuánto le gusta encerrarse. Pues bien, se ha vuelto a encerrar en el gabinete; y eso no me gusta, señor… Que me muera si me gusta. Mr. Utterson, tengo miedo.

—Escuche, buen hombre —dijo el abogado—, sea explícito. ¿De qué tiene miedo?

—He tenido miedo desde hace cosa de una semana —respondió Poole, ignorando porfiadamente la pregunta—; y no lo puedo soportar más.

El aspecto de aquel hombre confirmaba ampliamente sus palabras; sus modales habían empeorado; y salvo en el momento en que por primera vez había anunciado su terror, ni una sola vez había vuelto a mirar a la cara al abogado. Incluso ahora, sentado con el vaso de vino intacto sobre sus rodillas, tenía fija la mirada en un rincón del suelo.

—No lo puedo soportar más —repitió.

—Vamos —dijo el abogado—, me figuro que tiene usted alguna buena razón, Poole. Me figuro que debe de suceder algo grave. Trate de contarme de qué se trata.

—Creo que ha habido juego sucio —dijo Poole, con la voz quebrada.

—¡Juego sucio! —exclamó el abogado, muy asustado y, por tanto, bastante dispuesto a sentirse irritado—. ¿Qué clase de juego sucio? ¿Qué quiere decir este hombre?

—No me atrevo a decirlo, señor —fue la respuesta—; pero ¿querrá venir conmigo y verlo por usted mismo?

Como única respuesta, Mr. Utterson se levantó y cogió su sombrero y su gabán; pero observó con asombro el gran alivio que apareció en el rostro del mayordomo y, quizá con no menos asombro, que el vino seguía intacto cuando él lo dejó para acompañarlo.

Era una noche fría y desapacible, propia de marzo, con una luna pálida recostada sobre el horizonte como si el viento hubiese arremetido contra ella, y unas nubes volantes de la más diáfana y algodonosa textura. El viento dificultaba el habla y hacía que la sangre se agolpara en el rostro. Además, parecía haber barrido las calles, vaciándolas de viandantes más que de costumbre; hasta el punto de que Mr. Utterson pensó que nunca había visto tan desierta aquella parte de Londres. Él habría deseado que fuese de otro modo; jamás en toda su vida había tenido tan clara conciencia de desear ver y tocar a sus semejantes; ya que, por mucho que se esforzara en negarlo, había caído en la cuenta de que se avecinaba una apabullante calamidad.

Cuando llegaron allí, la plaza estaba invadida por el viento y el polvo, y los delgados árboles del jardín azotaban la verja. Poole, que durante todo el trayecto se había mantenido uno o dos pasos por delante, se detuvo en mitad de la acera y, a pesar del frío penetrante, se quitó el sombrero y se enjugó la frente con un pañuelo rojo. Pero, con toda la prisa de su venida, no fueron las gotas de sudor propias del esfuerzo lo que secó, sino la humedad producida por una sofocante angustia, ya que su rostro había palidecido y su voz, cuando habló, era áspera y quebrada.

—En fin, señor —dijo—, ya hemos llegado, y quiera Dios que no pase nada malo.

—Amén, Poole —dijo el abogado.

Inmediatamente después el sirviente llamó con mucha cautela; la puerta se abrió hasta el tope de la cadena y una voz preguntó desde el interior:

—¿Es usted, Poole?

—Sí, todo en orden —dijo Poole—. Abre la puerta.

Cuando entraron, el vestíbulo estaba intensamente iluminado; un gran fuego ardía en la chimenea, y toda la servidumbre, hombres y mujeres, seguía apiñada a su alrededor como un rebaño de ovejas. Al ver a Mr. Utterson, la criada se puso a gimotear como una histérica, y la cocinera corrió hacia él como si fuera a abrazarlo, exclamando:

—¡Bendito sea Dios!

—¡Cómo! ¿Qué es esto? ¿Estáis todos aquí? —dijo el abogado, irritado—.

Es inadmisible, muy indecoroso; a vuestro amo no le haría la menor gracia.

—Están todos asustados —dijo Poole.

Siguió un silencio absoluto, nadie puso reparos; sólo la criada alzó la voz y se puso a llorar estrepitosamente.

—¡Cállate! —le dijo Poole, con una ferocidad que revelaba su crispado nerviosismo; y en efecto, cuando la chica elevó el tono de sus lamentos de manera tan repentina, se sobresaltaron todos ellos y se volvieron hacia la puerta interior con una expresión de espantosa expectación en los rostros.

—Y ahora —continuó el mayordomo, dirigiéndose al trinchante—, alcánzame una vela y de inmediato nos pondremos manos a la obra.

Y entonces rogó a Mr. Utterson que lo siguiera y lo condujo al jardín trasero.

—Ahora, señor —dijo—, vaya lo más despacio que pueda. Quiero que esté al tanto, pero que no puedan oírle. Y escuche, señor, si por casualidad el doctor le pide a usted que entre, no lo haga.

Ante este imprevisto final, Mr. Utterson se sobresaltó tanto que estuvo a punto de perder el equilibrio; pero recobró el valor y siguió al mayordomo al interior del laboratorio y, atravesando el quirófano, abarrotado de cajones y botellas, llegó hasta el pie de la escalera. Allí Poole le indicó con la mano que se hiciera a un lado y escuchase, mientras que él, dejando la vela en el suelo y apelando obviamente a toda su resolución, subió los escalones y llamó a la puerta del gabinete, golpeando con mano un tanto vacilante el tapete rojo que la recubría.

—Mr. Utterson pregunta por usted, señor —anunció; y mientras lo hacía, le indicó una vez más al abogado de manera concluyente que prestara oídos.

Una voz respondió desde el interior.

—Dile que no puedo ver a nadie —dijo aquella voz, lamentándose.

—Gracias, señor —dijo Poole, en un tono de voz un tanto triunfal; y tomando su vela, volvió a llevar al patio a Mr. Utterson y lo hizo entrar en la gran cocina, donde el fuego estaba apagado y las cucarachas correteaban por el suelo.

—Señor —dijo, mirando a los ojos a Mr. Utterson—, ¿era esa la voz de mi amo?

—Parece muy cambiada —replicó el abogado, muy pálido, devolviéndole la mirada.

—¿Cambiada? Bueno, sí, eso creo —dijo el mayordomo—. ¿He servido veinte años en casa de este hombre y no voy a ser capaz de identificar su voz? No, señor; mi amo ha desaparecido; desapareció hace ocho días, cuando le oímos gritar en el nombre de Dios; ¡y quién está ahí en su lugar, y por qué está ahí, es algo que clama al cielo, Mr. Utterson!

—Lo que usted me cuenta es muy extraño, Poole; parece más bien un disparate —dijo Mr. Utterson, mordiéndose un dedo—. Supongamos que fuera como usted dice, pero si el doctor Jekyll ha sido… digamos… asesinado, ¿qué induciría al asesino a quedarse? Esa historia no se sostiene por sí misma; no parece razonable.

—En fin, Mr. Utterson, es usted un hombre difícil de convencer; sin embargo, lo intentaré —dijo Poole—. Durante toda la semana pasada (es preciso que lo sepa), ese individuo, o lo que sea que vive en ese gabinete, ha estado pidiendo a gritos noche y día cierta medicina, que no puede conseguir a su gusto. A veces adoptaba la costumbre (del amo, quiero decir) de escribir sus órdenes en una hoja de papel y dejarla tirada en la escalera. Durante toda la semana no hemos encontrado otra cosa: sólo notas, y una puerta cerrada; y hasta las comidas se dejaban allí para que las recogiera a escondidas cuando nadie lo viese. En fin, señor, a diario, y hasta dos o tres veces en un mismo día, hemos estado recibiendo órdenes y quejas, y he tenido que visitar precipitadamente a todos los mayoristas de productos químicos de la ciudad. Cada vez que le traía el producto, aparecía otra nota en la que me ordenaba que lo devolviese porque no era puro, y un nuevo encargo para un establecimiento distinto. Sea para lo que sea, señor, lo cierto es que necesita esa droga a toda costa.

—¿Conserva usted alguna de esas notas? —preguntó Mr. Utterson.

Poole buscó en su bolsillo y sacó una nota arrugada, que el abogado, acercándose a la vela, examinó cuidadosamente. Su contenido rezaba así:

«El doctor Jekyll saluda a los Sres. Maw y les asegura que su último envío es impuro y no sirve realmente para el fin propuesto. En el año 18… el doctor J. compró a los Sres. M. una cantidad bastante considerable de dicho producto. Hoy les ruega que busquen con la mayor diligencia y cuidado, y que, si les quedase algo de similar calidad, lo envíen inmediatamente. No reparen en gastos. No exagero si afirmo la gran importancia que tiene para el doctor J.».

Hasta aquí la carta estaba redactada en un tono bastante mesurado; pero a partir de ahí, con un súbito embarullamiento de la pluma, se desataban las emociones del remitente.

«Por el amor de Dios», añadía, «encuéntrenme un poco de la antigua remesa».

—Esta nota es muy extraña —dijo Mr. Utterson; y de pronto añadió—:

¿Cómo es que está abierta?

—El empleado de Maw se enfadó mucho, señor, y me la devolvió como si le diera asco —respondió Poole.

—Es la letra del doctor sin lugar a dudas, ¿verdad? —continuó el abogado.

—Eso me pareció a mí —dijo el mayordomo, bastante malhumorado, y luego prosiguió, en un tono de voz distinto—. Pero ¿qué importa quién la escribiera? ¡Lo he visto con mis propios ojos!

—¿Dice usted que lo ha visto? —repitió Mr. Utterson—. ¿Y bien?

—¡Eso es! —dijo Poole—. Fue así: entré de repente en la sala de operaciones a través del jardín. Al parecer había salido en busca de la droga, o lo que sea, pues la puerta del gabinete estaba abierta, y allí estaba al otro extremo de la habitación, buscando entre las cajas. Cuando yo entré, miró para arriba, lanzó una especie de grito, y subió a toda prisa las escaleras y se metió en el gabinete. Lo vi apenas unos instantes, pero se me pusieron los pelos de punta. Señor, si aquel hombre era mi amo, ¿por qué se cubría el rostro con una máscara? Si era mi amo, ¿por qué chilló como una rata y huyó de mí? He estado a su servicio durante mucho tiempo. Y además…

El mayordomo hizo una pausa y se pasó la mano por el rostro.

—Todas esas circunstancias son muy extrañas —dijo Mr. Utterson—, pero creo que empiezo a ver claro. Es obvio que su amo, Poole, es presa de una de esas enfermedades que al mismo tiempo torturan y desfiguran al que las padece; de ahí, que yo sepa, el cambio de voz; y la máscara y el evitar a sus amigos; y su impaciencia por encontrar esa droga, en la que esa pobre alma deposita sus últimas esperanzas de recuperación… ¡Quiera Dios que no se equivoque! Esa es mi explicación; es bastante deplorable, Poole, sí, y terrible de aceptar; pero es sencilla y lógica, bastante coherente, y nos libra de excesivos sustos.

—Señor —dijo el mayordomo, mientras su rostro empezaba a adquirir una especie de palidez jaspeada—, aquella cosa no era mi amo, esa es la verdad. Mi amo —y al llegar a este punto miró a su alrededor y empezó a hablar en voz baja— es un hombre alto y de buena figura, y aquél era más bien un enano.

Utterson intentó protestar.

—¡Oh!, señor —exclamó Poole—, ¿cree usted que no conozco a mi amo después de veinte años a su servicio? ¿Piensa que no sé a qué altura le llega la cabeza en la puerta del gabinete, donde lo he visto toda mi vida por las mañanas? No, señor, aquella cosa con máscara no era el doctor Jekyll… Dios sabrá quién es, pero no era el doctor Jekyll; y en el fondo estoy convencido de que se ha cometido un asesinato.

—Poole —replicó el abogado—, si usted dice eso, es mi deber comprobarlo. Por más que no desee herir los sentimientos de su amo, por mucho que me desconcierte esta nota, que parece demostrar que todavía está vivo, considero que es mi deber forzar esa puerta.

—¡Ah, Mr. Utterson, así se habla! —exclamó el mayordomo.

—Y ahora viene la segunda cuestión —prosiguió Utterson—: ¿Quién va a hacerlo?

—Pues bien, señor, usted y yo —fue la intrépida respuesta.

—Así me gusta —respondió el abogado—; y sean cuales fueren las consecuencias, me propongo asegurarme de que usted no salga perdiendo.

—Hay un hacha en la sala de operaciones —continuó Poole—; y usted podría coger el atizador de la cocina.

El abogado asió aquel instrumento tosco aunque pesado y lo sopesó.

—¿Sabe, Poole —dijo, alzando la mirada—, que usted y yo vamos a exponernos a una situación que ofrece cierto peligro?

—Bien puede usted decirlo, señor, ya lo creo —respondió el mayordomo.

—Es conveniente, entonces, que seamos francos —dijo el otro—. Los dos nos imaginamos más de lo que hemos dicho; confesémoslo. ¿Reconoció usted al tipo enmascarado que vio?

—Verá usted, señor, sucedió todo tan rápido, e iba tan encorvado, que apenas podría jurarlo —fue la respuesta—. Pero si usted se refiere a si era Mr. Hyde… ¡caramba, señor, creo que era él! Verá usted, era más o menos de su estatura, y tenía sus mismos andares rápidos y ligeros; y además, ¿quién más podría haber entrado por la puerta del laboratorio? ¿Se ha olvidado usted, señor, de que cuando se cometió el asesinato él todavía tenía la llave? Pero eso no es todo. No sé, Mr. Utterson, si usted vio alguna vez a ese Mr. Hyde.

—Sí —dijo el abogado—, una vez hablé con él.

—Entonces debe usted saber, lo mismo que todos nosotros, que había algo raro en aquel caballero… algo que asustaba… no sé exactamente cómo decirlo, señor, como no sea de este modo: que uno sentía que le penetraba hasta la médula… una especie de frío y debilidad.

—Yo mismo sentí algo parecido a lo que usted describe —dijo Mr. Utterson.

—Así es, señor —respondió Poole—. Pues bien, cuando aquella cosa enmascarada saltó como un mono entre las sustancias químicas y en un abrir y cerrar de ojos se metió en el gabinete, algo helado me recorrió la columna vertebral de arriba abajo. ¡Oh!, ya sé que eso no prueba nada, Mr. Utterson; soy lo bastante instruido para saberlo; pero un hombre tiene sus presentimientos; ¡y le juro solemnemente que era Mr. Hyde!

—Sí, sí —dijo el abogado—. Mis temores me inducen a pensar lo mismo. La alarma, me temo, no carecía de fundamento… era inevitable que surgiera el mal… de aquella relación. Sí, sinceramente le creo; creo que el pobre Harry ha sido asesinado; y creo que su asesino (sólo Dios sabe con qué propósito) está todavía escondido en la habitación de su víctima. Pues bien, nos desquitaremos en su nombre. Llame a Bradshaw.

El lacayo acudió a la llamada muy pálido y nervioso.

—Tranquilícese, Bradshaw —dijo el abogado—. Sé que esta incertidumbre les está afectando a todos; pero ahora tenemos la intención de acabar con eso. Poole y yo vamos a entrar por la fuerza en el gabinete. Si todo se encuentra en orden, tengo las espaldas lo suficientemente anchas para soportar reproches. Mientras tanto, para que no pase nada realmente, ni que ningún malhechor intente escapar por la parte de atrás, usted y el muchacho den la vuelta a la esquina con un par de buenos garrotes y apóstense junto a la puerta del laboratorio. Les damos diez minutos para que lleguen a sus puestos.

Cuando se marchó Bradshaw, el abogado miró su reloj.

—Y ahora, Poole, ocupemos nuestros puestos —dijo; y llevando el atizador bajo el brazo, se dirigió al patio.

Empujadas por el viento, las nubes se habían acumulado sobre la luna, y ahora todo estaba oscuro. Mientras andaban, el viento, que sólo soplaba a ráfagas y bocanadas dentro de aquel profundo patio de luces, agitaba la vela de un lado para otro, hasta que se refugiaron en la sala de operaciones, donde se sentaron en silencio a esperar. Por todas partes se oía el solemne murmullo del tráfico londinense; pero más cerca, el silencio sólo lo rompía el sonido de unos pasos que recorrían de un lado a otro el piso del gabinete.

—Lleva todo el día paseando así, señor —susurró Poole—; sí, y la mayor parte de la noche. Sólo descansa un poco cuando llega algún nuevo pedido de la droguería. ¡Ay, qué enemigo más grande del reposo es la mala conciencia! ¡Señor, a cada paso que da, derrama sangre de mala manera! Pero escuche de nuevo con un poco más de cuidado… preste atención con toda su alma, Mr. Utterson, y dígame si son esos los pasos del doctor.

Los pasos resonaban levemente y de una manera rara, con un cierto vaivén, a pesar de lo despacio que iba; eran muy diferentes efectivamente de los andares pesados y poco seguros de Henry Jekyll. Utterson suspiró.

—¿No hay nada más?

Poole asintió con la cabeza.

—Una vez —dijo—… ¡una vez le oí llorar!

—¿Llorar? ¿Cómo es eso? —dijo el abogado, perfectamente consciente del súbito escalofrío de horror que se había apoderado de él.

—Lloraba como una mujer o un alma en pena —dijo el mayordomo—. Me quedé tan apesadumbrado, que estuve a punto de llorar también.

Pero los diez minutos llegaron a su fin. Poole desenterró el hacha de debajo de un montón de paja de embalar; pusieron la vela encima de la mesa más cercana para que les alumbrara durante el ataque; y se acercaron conteniendo la respiración al lugar donde aquellos perseverantes pasos seguían yendo y viniendo, de un lado a otro, en el silencio de la noche.

—Jekyll —exclamó Utterson en voz alta—, insisto en verte.

Se calló un momento, pero no obtuvo respuesta.

—Te lo advierto claramente: tengo que verte, porque abrigamos sospechas —prosiguió—; si no es por las buenas, será por las malas… si no es con tu consentimiento, ¡será por la fuerza!

—Utterson —dijo la voz—, ¡ten piedad, por el amor de Dios!

—¡Ah!, esa no es la voz de Jekyll… ¡es la de Hyde! —exclamó Utterson —. ¡Derribe esa puerta, Poole!

Poole blandió el hacha por encima del hombro; el golpe hizo temblar todo el edificio, y la puerta forrada de tapete rojo se estremeció, aunque la cerradura y los goznes resistieron. Un lúgubre chillido, como de animal aterrado, resonó en el gabinete. El hacha se elevó otra vez, y de nuevo se astillaron los entrepaños y tembló el marco; el mayordomo descargó el hacha cuatro veces más, pero la madera era resistente y los herrajes de excelente factura; sólo al quinto golpe se partió y saltó la cerradura, y la puerta cayó destrozada hacia el interior sobre la alfombra.

Consternados por el estruendo que habían organizado y el silencio que siguió, los asaltantes retrocedieron un poco y miraron al interior. Ahí estaba el gabinete, delante de sus propios ojos, alumbrado por una discreta lámpara: un buen fuego resplandecía y chisporroteaba en la chimenea, la tetera silbaba sus tenues acordes, había uno o dos cajones abiertos, varios periódicos cuidadosamente apilados sobre la mesa de trabajo y, más cerca del fuego, el servicio de té preparado; diríase que era la habitación más tranquila y, a no ser por las vitrinas llenas de productos químicos, la más vulgar de todo Londres aquella noche.

Justo en medio yacía el cuerpo de un hombre bastante contorsionado y todavía crispado. Se acercaron de puntillas, lo volvieron boca arriba y contemplaron el rostro de Edward Hyde. Vestía ropas de la talla del doctor, que le venían muy grandes; las fibras de su rostro todavía se movían como si aún le quedara algo de vida, aunque estaba completamente muerto; y por el frasco triturado que llevaba en la mano y el fuerte olor a almendras que flotaba en el aire, Utterson supo que se encontraba frente al cuerpo de un suicida.

—Hemos llegado demasiado tarde —dijo con severidad—, tanto para salvarlo como para castigarlo. Hyde ha muerto por su cuenta; y sólo nos queda encontrar el cadáver de su amo.

La mayor parte del edificio estaba ocupada por la sala de operaciones, que cubría casi toda la planta baja y estaba iluminada desde arriba, y el gabinete, que se encontraba en un extremo y constituía el piso superior con vistas al patio. Un pasillo empalmaba la sala de operaciones con la puerta que daba a la callejuela, la cual se comunicaba independientemente con el gabinete a través de un segundo tramo de escaleras. Había además unos cuantos aposentos oscuros y un espacioso sótano. Todos fueron examinados minuciosamente. Bastó una sola ojeada para cada aposento, ya que todos estaban vacíos y, por el polvo que cayó de sus puertas, hacía mucho tiempo que nadie las había abierto. El sótano estaba lleno, desde luego, de trastos viejos y desvencijados, que en su mayor parte procedían de la época del cirujano que había precedido a Jekyll; pero en cuanto abrieron la puerta se percataron de la inutilidad de un registro posterior por la caída de una maraña de telarañas que durante años habían sellado la entrada. En ninguna parte había el menor rastro de Henry Jekyll, muerto o vivo.

Poole golpeó con el pie las baldosas del pasillo.

—Debe de estar enterrado aquí —dijo, escuchando el sonido.

—O es posible que haya huido —dijo Utterson, y se volvió a examinar la puerta que daba a la callejuela. Estaba cerrada; y cerca encontraron la llave, tirada sobre las baldosas y manchada ya de orín.

—No parece que haya sido usada —comentó el abogado.

—¡Usada! —repitió Poole—. ¿No ve, señor, que está rota? Parece como si alguien la hubiese pisoteado.

—Sí —continuó Utterson—, y las fracturas también están oxidadas.

Los dos hombres intercambiaron una mirada de pánico.

—No puedo entenderlo, Poole —dijo el abogado—. Volvamos al gabinete.

Subieron la escalera en silencio y, echando de vez en cuando alguna mirada atemorizada al cadáver, siguieron examinando más minuciosamente el contenido del gabinete. En una mesa había rastros de algún ensayo químico, varios montones de cierta sal blanca colocados en platillos de cristal para ser pesados, como si el desdichado doctor hubiera sido interrumpido en su experimento.

—Es la misma droga que yo le traía siempre —dijo Poole; y nada más decir eso, la tetera empezó a hervir con un alarmante silbido.

Eso los llevó hasta la chimenea, a la que habían arrimado el sillón para mayor comodidad, y el servicio de té, con el azúcar ya en la taza, estaba listo al alcance de la mano. Había varios libros en una estantería y otro abierto junto al servicio de té; y Utterson se quedó asombrado al comprobar que se trataba de una obra piadosa, por la que Jekyll había expresado varias veces una gran estima, la cual estaba anotada, de su propia mano, con sobrecogedoras blasfemias.

Luego, durante su examen de la cámara, llegaron al espejo de cuerpo entero, en cuyo fondo se miraron con involuntario horror. Pero lo habían vuelto de tal forma que sólo les mostró el resplandor rosado del fuego en el techo, sus múltiples destellos repetidos en los frentes de las vitrinas, y sus propios semblantes, pálidos y asustados, inclinados para mirar.

—Este espejo ha tenido que ver algunas cosas raras, señor —susurró Poole.

—Y sin duda, ninguna más rara que él mismo —repitió el abogado en el mismo tono—. Pues ¿qué podía Jekyll —al pronunciar esta palabra se interrumpió sobresaltado y luego añadió, superando su flaqueza—... qué podía querer Jekyll de él?

—¡Y usted que lo diga! —dijo Poole.

A continuación pasaron a la mesa de trabajo. Sobre el escritorio, entre una serie de papeles ordenados, destacaba un sobre grande en el que estaba escrito, de puño y letra del doctor, el nombre de Utterson. El abogado lo abrió y cayeron al suelo varios documentos anexos. El primero era un testamento, redactado en los mismos términos extravagantes que el que él mismo había devuelto seis meses antes, con el fin de que sirviera de última voluntad del doctor en caso de muerte, o de escritura de donación en caso de desaparición; pero en lugar del nombre de Edward Hyde, el abogado leyó, con indescriptible asombro, el nombre de Gabriel John Utterson. Miró un momento a Poole y luego de nuevo a los documentos, y por último al cadáver del malhechor que estaba tendido sobre la alfombra.

—Me da vueltas la cabeza —dijo—. Todos estos días los documentos han estado en su poder; no tenía ningún motivo para simpatizar conmigo; debió de enfurecerse al verse desplazado; pero no ha destruido este documento.

Cogió el siguiente documento; era una breve nota, de puño y letra del doctor, y fechada en su encabezamiento.

—¡Oh, Poole! —exclamó el abogado—, hoy todavía vivía y estuvo aquí. No puede haberse deshecho de él en tan poco tiempo; tiene que estar vivo todavía, ¡debe de haber huido! Pero entonces, ¿por qué huyó?, ¿y cómo?, y en tal caso, ¿podemos aventurarnos a declarar que se trata de un suicidio? Debemos tener cuidado. Presiento que podemos implicar a su amo en alguna horrible catástrofe.

—¿Por qué no lo lee, señor? —preguntó Poole.

—Porque tengo miedo —replicó el abogado solemnemente—. Quiera Dios que no haya motivos para tenerlo.

Y tras decir esto se acercó el papel a los ojos y leyó lo que sigue:

Mi querido Utterson: cuando estas líneas caigan en tus manos, yo habré desaparecido, aunque no pueda prever en qué circunstancias; pero mi instinto y todas las circunstancias de mi indescriptible situación me dicen que el final es seguro y debe de estar próximo. Adelante, pues, primero lee el relato que Lanyon me advirtió que iba a poner en tus manos; y si quieres saber más, vuelve a la confesión de tu indigno y desdichado amigo

Henry Jekyll

—¿Había un tercer documento anexo? —preguntó Utterson.

—Aquí está, señor —dijo Poole, y le entregó un voluminoso paquete lacrado en varios lugares.

El abogado se lo metió en el bolsillo.

—Yo no hablaría a nadie de este documento. Si su amo ha huido o está muerto, al menos podemos proteger su reputación. Ahora son las diez; debo irme a casa y leer con tranquilidad estos documentos; pero estaré de vuelta antes de medianoche, y entonces podremos llamar a la policía.

Salieron, cerrando tras ellos la puerta de la sala de operaciones; y dejando de nuevo a la servidumbre reunida alrededor del fuego del salón, Utterson regresó a su despacho dando una caminata con el fin de leer los dos relatos en los que iba a explicarse este misterio.

EL RELATO DEL DOCTOR LANYON

El nueve de enero, hace ahora cuatro días, recibí en el correo de la tarde un sobre certificado, con la dirección escrita de puño y letra por mi colega y antiguo compañero de colegio Henry Jekyll. Aquello me sorprendió bastante, ya que no teníamos ni mucho menos la costumbre de escribirnos; lo había visto y había cenado con él la noche anterior, desde luego; y no podía imaginar nada en nuestro trato que justificara la formalidad de la certificación. El contenido del sobre aumentó mi asombro, pues la carta rezaba así:

10 de diciembre de 18…

Mi querido Lanyon:

Eres uno de mis más viejos amigos y, aunque a veces podamos haber disentido en cuestiones científicas, no puedo recordar, al menos en lo que a mí respecta, ninguna ruptura en nuestras relaciones. No hubo un solo día en el que, si tú me lo hubieras dicho, yo no habría sacrificado mi fortuna o mi mano izquierda para ayudarte. Lanyon, mi vida, mi honor, mi razón, están completamente a tu merced; si esta noche me fallas, estoy perdido. Quizás imagines, después de este preámbulo, que voy a pedirte que hagas algo deshonroso. Juzga por ti mismo.

Quiero que pospongas cualquier compromiso que tengas esta noche… sí, aunque te hubieran convocado a la cabecera de un emperador; que tomes un coche de alquiler, a menos que tengas tu carruaje esperando en la puerta; y que, con esta carta en las manos para consultarla, te dirijas directamente a mi casa. Mi mayordomo, Poole, ha recibido las oportunas instrucciones; lo encontrarás esperando tu llegada, acompañado de un cerrajero. La puerta de mi gabinete tendrá que ser forzada; y tú entrarás solo, abrirás la vitrina marcada con la letra E que está a mano izquierda, rompiendo la cerradura si estuviese cerrada, y sacarás, con todo lo que contiene, tal como esté, el cuarto cajón contando desde arriba o (lo que es lo mismo) el tercero desde abajo. Estoy tan angustiado que tengo un miedo enfermizo a que no entiendas bien mis instrucciones; pero, aunque cometa alguna equivocación, reconocerás el cajón de que se trata por su contenido: unos polvos, un frasco y una libreta. Te ruego que te lleves ese cajón a tu casa en Cavendish Square, exactamente como está.

Esa es la primera parte del favor que te pido: he aquí la segunda. Si te pones en camino en cuanto recibas esta carta, estarás de vuelta mucho antes de medianoche; pero te dejaré todo ese margen, no sólo por miedo a uno de esos obstáculos que no se pueden evitar ni prever, sino porque, para lo que queda por hacer, es preferible que sea a una hora en que tus criados estén acostados. Tengo que pedirte, pues, que a medianoche estés solo en tu consultorio, que personalmente dejes entrar en tu casa a un hombre que se presentará en mi nombre, y que pongas en sus manos el cajón que te habrás llevado del gabinete. Con ello habrás desempeñado tu papel y ganado toda mi gratitud.

Cinco minutos después, si insistes en recibir una explicación, comprenderás que estas disposiciones son de capital importancia; y que de no cumplirse una sola de ellas, por fantásticas que puedan parecerte, mi muerte o el naufragio de mi razón podrían cargar sobre tu conciencia.

Aunque confío en que te tomarás en serio esta petición, se me cae el alma a los pies y mi mano tiembla sólo de pensar en tal posibilidad. Piensa que a estas horas estoy en un extraño lugar, trabajando presa de una malévola angustia que ninguna imaginación podría exagerar, y sin embargo bien consciente de qué, sólo con que cumplas puntualmente lo que te pido, mis problemas se esfumarán como un relato una vez contado. Hazme este favor, mi querido Lanyon, y salva a tu amigo

H. J.

P. D.: Ya había lacrado esta carta cuando un nuevo terror se apoderó de mi alma. Es posible que el servicio de correo me falle, y que esta carta no llegue a tus manos hasta mañana por la mañana. En tal caso, querido Lanyon, lleva a cabo mi recado cuando más conveniente te resulte a lo largo del día; y una vez más espera a mi mensajero a medianoche. Puede que entonces sea ya demasiado tarde; y si esta noche no ocurre nada, has de saber que nunca más volverás a ver a Henry Jekyll.

Al leer esta carta, tuve la certeza de que mi colega estaba loco; pero, mientras no se confirmara aquello sin ninguna posibilidad de duda, me sentí obligado a hacer lo que me pedía. Cuanto menos comprendía aquel fárrago, menos en condiciones estaba de juzgar su importancia; y una petición así expresada no podía rechazarse sin incurrir en una grave responsabilidad. Por consiguiente, me levanté de la mesa, me monté en un cabriolé con pescante y me dirigí directamente a la casa de Jekyll. El mayordomo estaba esperando mi llegada; había recibido una carta certificada con instrucciones en el mismo correo que yo, e inmediatamente había mandado llamar a un cerrajero y a un carpintero. Los artesanos llegaron mientras todavía estábamos hablando; y todos juntos nos trasladamos a la antigua sala de operaciones del doctor Denman, desde la cual (como sin duda sabes) se accede más cómodamente al gabinete privado de Jekyll. La puerta era muy resistente, y la cerradura excelente; el carpintero admitió que, si había que hacer uso de la fuerza, tendría muchas dificultades y causaría grandes destrozos; y el cerrajero estaba al borde de la desesperación. Pero este último era un tipo muy mañoso, y después de dos horas de faena, la puerta quedó abierta. La vitrina marcada con la letra E no estaba cerrada con llave; saqué el cajón, lo rellené de paja y lo envolví en una sábana, y regresé con él a mi casa en Cavendish Square.

Allí me puse a examinar su contenido. Los polvos estaban preparados con bastante habilidad, aunque no con la precisión de un farmacéutico: así que era evidente que Jekyll los había manufacturado personalmente; y cuando abrí una de las envolturas, encontré lo que me pareció una simple sal cristalina de color blanco. Después presté atención al frasco, que estaba lleno aproximadamente hasta la mitad de un líquido de color rojo sangre, muy acre al olfato, que me pareció que contenía fósforo y algún éter volátil. En cuanto a los demás ingredientes, no conseguí adivinarlos. La libreta era un cuaderno de notas corriente, que contenía poco más que una serie de fechas. Aunque cubrían un período de varios años, observé que las anotaciones cesaban, de modo muy brusco, desde hacía casi un año. De vez en cuando algún breve comentario se añadía a la fecha, por lo general una sola palabra: «doble», que aparecía tal vez seis veces sobre un total de varios centenares de anotaciones; y en una ocasión, muy al principio de la lista, y entre varios signos de admiración, «¡¡¡fracaso total!!!».

Aunque todo aquello avivó mi curiosidad, no me decía nada que fuera definitivo. Tenía ante mí un frasco de cierta tintura, un envoltorio con cierta sal, y el registro de una serie de experimentos que (como tantas otras investigaciones de Jekyll) no habían conducido a ningún resultado de utilidad práctica. ¿Cómo podía afectar la presencia de aquellos objetos al honor, la cordura o la vida de mi inconstante colega? Si el mensajero de Jekyll podía ir a determinado lugar, ¿por qué no podía ir él a otro? E incluso, admitiendo que existiera algún impedimento, ¿por qué tenía yo que recibir en secreto a aquel caballero? Cuanto más reflexionaba, más me convencía de que se trataba de un caso de enfermedad mental; y aunque di permiso a la servidumbre para irse a la cama, cargué un viejo revólver, por si tuviera que utilizarlo en legítima defensa.

Acababan de oírse las doce en Londres cuando sonó muy suavemente la aldaba de la puerta. Fui a abrir yo mismo y me encontré con un hombre de baja estatura, agazapado entre las columnas del pórtico.

—¿Viene usted de parte del doctor Jekyll? —le pregunté.

Me dijo que «sí» con gesto forzado; y cuando lo invité a entrar, no me obedeció sin antes lanzar una minuciosa mirada hacia atrás, a la oscuridad de la plaza. Había un policía no muy lejos, que avanzaba hacia nosotros con la pantalla de su linterna sorda descorrida; y me pareció que, al verlo, mi visitante se sobresaltaba y se daba más prisa.

Aquellos detalles, lo confieso, me impresionaron de mala manera; y mientras lo seguía a la consulta, radiantemente iluminada, no aparté mi mano del arma. Allí, por fin, tuve ocasión de verlo con claridad. Nunca le había puesto la vista encima, de eso estaba seguro. Era de baja estatura, como ya he dicho; me sorprendió además la chocante expresión de su fisonomía, su admirable combinación de gran actividad muscular y aparente debilidad de constitución, y… por último, aunque no menos importante… la extraña turbación subjetiva que su proximidad provocaba. Era algo así como una rigidez incipiente, y venía acompañada de una acusada disminución del pulso. En aquel momento, lo atribuí a cierta aversión idiosincrásica y personal, y simplemente me sorprendió la agudeza de los síntomas; pero desde entonces he tenido motivos para creer que la causa se encuentra más hondamente arraigada en la naturaleza humana, y depende de algo mucho más noble que el principio del odio.

Aquel hombre (que desde el mismo momento en que entró suscitó en mí lo que sólo puedo describir como una fastidiosa curiosidad) iba vestido de un modo que en cualquier persona corriente habría parecido ridículo; aunque sus ropas eran, por así decirlo, de un tejido excelente y sobrio, le estaban enormemente grandes: los pantalones colgaban de sus piernas y estaban remangados para que no llegasen al suelo, la cintura del gabán le quedaba por debajo de las caderas, y las solapas casi le llegaban a los hombros. Aunque parezca extraño, aquel grotesco atavío distó mucho de hacerme reír. Como en la esencia misma de aquel ser que tenía ante mí había algo anormal y estrafalario… algo sobrecogedor, sorprendente y repugnante… más bien me pareció que esta nueva disparidad no sólo encajaba con aquella, sino que la reforzaba; de modo que, a mi interés por la naturaleza y el carácter de aquel hombre, se añadió la curiosidad acerca de su origen, su vida, su fortuna y su posición social.

Aunque me ha llevado tanto tiempo ponerlas por escrito, estas observaciones fueron, sin embargo, cosa de unos pocos segundos. Mi visitante estaba enardecido, en efecto, por una sombría excitación.

—¿Lo tiene usted? —exclamó—. ¿Lo tiene usted?

Y su impaciencia era tan grande que incluso me puso una mano en el brazo y trató de zarandearme.

Me aparté de él, consciente de que, al tocarme, un escalofrío me había helado la sangre.

—Vamos, señor —le dije—. Olvida usted que no tengo todavía el placer de conocerlo. Tenga la amabilidad de sentarse.

Y para darle ejemplo, me senté en mi asiento de costumbre, imitando mi comportamiento habitual con un paciente, en la medida en que me lo permitieron lo tardío de la hora, la índole de mis preocupaciones y el pavor que me producía mi visitante.

—Discúlpeme, doctor Lanyon —replicó él, bastante cortésmente—. Lleva usted razón en lo que dice; mi impaciencia ha dejado atrás a mi cortesía. Vengo aquí a petición de su colega, el doctor Henry Jekyll, por un asunto de cierta importancia; y tenía entendido —se detuvo y se llevó una mano a la garganta, y pude ver que, a pesar de sus sosegados modales, estaba intentando reprimir un acceso de histeria—… tenía entendido que cierto cajón…

Pero al llegar a ese punto, me compadecí de la ansiedad de mi visitante, y quizá también un poco de mi creciente curiosidad.

—Aquí está, señor —le dije, señalando el cajón, que estaba en el suelo, detrás de una mesa, cubierto todavía por la sábana.

Se abalanzó sobre él, y luego se detuvo, llevándose la mano al corazón; pude oír cómo le rechinaban los dientes por el movimiento compulsivo de las mandíbulas; y su rostro tenía un aspecto tan horroroso que temí por su vida y su razón.

—Cálmese —le dije.

Me dirigió una sonrisa espantosa y, como impulsado por la desesperación, tiró de la sábana. Al ver el contenido, profirió un sollozo de alivio de tal intensidad que me quedé petrificado. Y un instante después, con una voz que ya parecía bastante controlada, me preguntó:

—¿Tiene una vasija graduada?

Me levanté de mi asiento con cierto esfuerzo y le di lo que pedía.

Me dio las gracias con una risueña inclinación de cabeza, midió unas cuantas gotas de la tintura roja y añadió una pizca de polvos. La mezcla, de una tonalidad rojiza al principio, a medida que se disolvían los cristales empezó a adquirir un color más vivo, a hervir de forma audible y a despedir nubecillas de vapor. De pronto, en aquel mismo momento cesó la ebullición y el compuesto se tornó de un color púrpura oscuro, que gradualmente perdió intensidad hasta convertirse en un verde desvaído. Mi visitante, que había observado con atención todas aquellas metamorfosis, sonrió, puso la vasija sobre la mesa, y luego se volvió y me miró con aire escudriñador.

—Y ahora —dijo—, acordemos lo que queda pendiente. ¿Será usted sensato? ¿Querrá dejarse aconsejar? ¿Me permitirá irme de su casa llevándome esta vasija en la mano sin decir una palabra más? ¿O es que el ansia de curiosidad lo domina a usted demasiado? Piénselo antes de responder, pues se hará lo que usted decida. Si así lo decide, se quedará usted como estaba antes, ni más rico ni más sabio, a menos que el sentimiento de haberle hecho un favor a un hombre en un gran apuro pueda contarse como una especie de riqueza espiritual. O si prefiere elegir, un nuevo campo del conocimiento y nuevos caminos hacia la fama y el poder se abrirán ante usted inmediatamente aquí en esta habitación; y sus ojos quedarán obnubilados por un prodigio capaz de hacer tambalear la incredulidad de Satanás.

—Señor —le dije, fingiendo una sangre fría que verdaderamente estaba lejos de poseer—, usted habla de manera enigmática, y tal vez no le sorprenda que yo lo escuche sin creerme demasiado lo que dice. Pero he ido demasiado lejos en mi prestación de favores inexplicables para detenerme antes de ver en qué acaba todo.

—Está bien —replicó mi visitante—. Lanyon, recuerde que lo ha jurado: lo que sigue es un secreto profesional. Y ahora, usted que durante tanto tiempo ha estado constreñido por los puntos de vista más restringidos y materialistas, que ha negado la virtud de la medicina trascendental, que se ha mofado de sus superiores… ¡mire!

Se llevó la vasija a los labios y se bebió el contenido de un trago. Siguió un grito; vaciló, se tambaleó, se agarró a la mesa y se sujetó, con los ojos extraviados e inyectados en sangre, jadeando con la boca abierta; y mientras yo le observaba creí percibir un cambio: pareció hincharse… de pronto su rostro se puso negro, y sus facciones parecieron desvanecerse y alterarse… y un instante después me levanté de un salto y retrocedí hasta la pared, con el brazo levantado para protegerme de aquel prodigio, y la mente sumida en el terror.

—¡Cielos! —grité—. ¡Cielos! —repetí una y otra vez; ya que ante mis ojos… pálido y tembloroso, medio desfallecido y tanteando ante sí con las manos como un resucitado… ¡estaba Henry Jekyll!

No me atrevo a trasladar al papel lo que me contó durante la hora siguiente. Vi lo que vi, oí lo que oí, y mi alma sintió náuseas por ello; y sin embargo, ahora que aquella visión se ha desvanecido de mis ojos, me pregunto si creo en su existencia, y no sé qué contestar. Mi vida ha quedado conmocionada por completo; el sueño me ha abandonado; el más atroz de los terrores me acompaña a todas horas del día y de la noche; tengo el presentimiento de que mis días están contados y que voy a morir; y sin embargo moriré sin creérmelo. En cuanto a la infamia moral que aquel hombre me desveló, aunque fuera entre lágrimas de arrepentimiento, no puedo, ni siquiera en el recuerdo, detenerme en ella sin un estremecimiento de horror. Sólo diré una cosa, Utterson, y será más que suficiente (si eres capaz de llegar a creerla). El ser que entró sigilosamente en mi casa aquella noche era conocido, según confesión del propio Jekyll, por el nombre de Hyde, y lo buscaban por todos los rincones del país por el asesinato de Carew.

Hastie Lanyon

DECLARACIÓN COMPLETA DE HENRY JEKYLL SOBRE EL CASO

Nací en el año 18... en una familia de gran fortuna, dotado además de talento, diligente por naturaleza, respetuoso con aquellos semejantes míos que consideraba prudentes y buenos, y por consiguiente, como podría suponerse, con toda clase de garantías en cuanto a un futuro honorable y distinguido. Y de hecho, el peor de mis defectos era una cierta e impaciente predisposición al regocijo, que ha hecho felices a muchos, pero que yo encontré difícil de conciliar con mi imperioso deseo de llevar bien alta la cabeza y mostrar ante el público un semblante más serio de lo que es normal. De ahí que ocultase mis placeres, y que, cuando alcancé la edad de la reflexión y comencé a mirar a mi alrededor y a hacer inventario de mis progresos y de mi posición social, mi vida estuviese ya sometida a una profunda duplicidad. Muchos hombres incluso habrían alardeado de las irregularidades de las que yo era culpable; pero dados los importantes objetivos que me había trazado, yo las respetaba y las ocultaba con una sensación de vergüenza casi enfermiza. Por lo tanto, fue más bien la naturaleza rigurosa de mis aspiraciones, y no una determinada degradación de mis defectos, lo que hizo de mí lo que fui, y lo que separó en mí, abriendo una zanja más profunda incluso que en la mayoría de los hombres, aquellos territorios del bien y del mal que dividen y componen la naturaleza dual del hombre. En este caso, me vi obligado a reflexionar profunda e inveteradamente sobre esa dura ley de la vida, que radica en el fondo de todas las religiones, y es una de las más abundantes fuentes de congoja. Y aunque aquella duplicidad fuese tan profunda, yo no era un hipócrita de ninguna manera; mis dos facetas eran completamente sinceras; no era en mayor medida yo mismo cuando dejaba a un lado cualquier restricción y me sumía en el deshonor, que cuando me esforzaba, a la luz del día, para profundizar en el conocimiento o el alivio de las penas y los sufrimientos.

Y sucedió que la orientación de mis estudios científicos, totalmente dirigidos hacia lo esotérico y lo sobrenatural, sufrió un cambio y arrojó más luz sobre esta percepción de la perenne guerra entre mis miembros. Día tras día, y en las dos facetas de mi inteligencia, la moral y la intelectual, me fui acercando, pues, cada vez más a esa verdad por cuyo descubrimiento parcial he sido condenado a tan espantosa catástrofe: el hombre no es realmente uno, sino dos. Digo dos, porque el nivel de mis conocimientos no me permite ir más allá. Otros seguirán, otros me dejarán atrás en esa misma vía; y me aventuro a conjeturar que, en última instancia, el hombre será conocido como una mera comunidad de múltiples habitantes, incongruentes e independientes entre sí. Por mi parte, dada la naturaleza de mi vida, avancé infaliblemente en una sola dirección. Fue en la faceta moral, y en mi propia persona, donde aprendí a reconocer la completa y primitiva dualidad del hombre; me di cuenta de que, de las dos naturalezas que luchaban en el campo de batalla de mi conciencia, aun cuando podía decirse con razón que yo era cualquiera de las dos, ello se debía únicamente a que era radicalmente ambas; y desde muy temprana fecha, antes incluso de que el curso de mis descubrimientos científicos comenzara a sugerir la más ostensible posibilidad de semejante milagro, ya había aprendido yo a recrearme con placer, como en una querida ensoñación, en la idea de la separación de estos elementos. Si cada uno de ellos, me decía, pudiera alojarse en identidades distintas, la vida se vería exonerada de todo cuanto es insoportable; lo injusto podría seguir su camino, liberado de las aspiraciones y remordimientos de su doble más íntegro; y lo justo podría recorrer con firmeza y tenacidad su senda ascendente, haciendo las buenas obras en las que encontraba placer, sin exponerse más a la ignominia y al remordimiento a causa de un mal ajeno a él. Precisamente era una maldición para la humanidad que aquellas incongruentes gavillas estuviesen así unidas… que esos dobles opuestos tuvieran que enfrentarse continuamente en las atormentadas entrañas de la conciencia. ¿Cómo podían, pues, disociarse?

Hasta ahí había llegado en mis reflexiones, cuando, como ya he dicho, una luz indirecta, procedente de la mesa del laboratorio, comenzó a aclarar el tema que me preocupaba. Empecé a percibir con mayor claridad de lo que jamás se ha afirmado, la trémula insignificancia, la nebulosa transitoriedad, de este cuerpo aparentemente tan sólido en el que vamos envueltos. Descubrí que ciertos agentes tienen el poder de sacudir y arrancar esa vestidura carnal, del mismo modo que el viento podía agitar las cortinas de un pabellón. Por dos buenas razones no entraré más a fondo en este aspecto científico de mi confesión. En primer lugar, porque he tenido que aprender que el destino y la responsabilidad de nuestras vidas los llevamos ligados para siempre a nuestras espaldas; y cuando alguien intenta deshacerse de ellos, no hacen más que volver a gravitar sobre nosotros con una fuerza más desconocida y más tremenda. En segundo lugar, porque, como mi relato, ¡ay de mí!, pondrá en evidencia, mis descubrimientos fueron incompletos. Baste, pues, con decir que no sólo llegué a comprender que mi cuerpo material no era más que el aura y refulgencia de ciertas potencias que componían mi espíritu, sino que conseguí elaborar una droga por medio de la cual estas potencias podían ser destronadas de su supremacía, y ser sustituidas por una segunda forma y compostura, no menos naturales en mí, ya que eran expresión y reflejo de los aspectos más viles de mi alma.

Vacilé mucho antes de poner a prueba esta teoría. Sabía muy bien que me arriesgaba a morir; ya que cualquier droga que controlara tan poderosamente e hiciera temblar la fortaleza misma de la identidad podría suprimir totalmente, con la menos escrupulosa sobredosis o la más ínfima inoportunidad en cuanto al momento de administrarla, aquel tabernáculo inmaterial que yo pretendía cambiar. Pero la tentación de un descubrimiento tan singular y profundo superó finalmente cualquier asomo de alarma. Hacía mucho que había preparado mi tintura; en seguida compré, en un mayorista de productos químicos, una gran cantidad de cierta sal que, según sabía por mis experimentos, era el último ingrediente necesario; y bien entrada una infausta noche, combiné los elementos, observé cómo hervían y humeaban en la vasija, y cuando cesó la ebullición, en un inusitado arranque de valor, me bebí la pócima de un trago.

Me acometieron las angustias más atroces: un crujir de huesos triturados, una terrible náusea, y un horror en el alma imposible de superar ni en la hora del nacimiento ni de la muerte. Luego, aquellas angustias empezaron a apaciguarse rápidamente y volví en mí como si saliese de una grave enfermedad. Había algo extraño en mis sensaciones, algo nuevo e inefable y, por su misma novedad, de increíble dulzura. Me sentía más joven, más ligero de cuerpo, más alegre; notaba dentro de mí una impetuosa osadía, una oleada de turbulentas imágenes sensuales se sucedían vertiginosas en mi imaginación, como el agua en el caz de un molino, una disolución de las ataduras del deber, una desconocida, aunque no inocente, libertad de espíritu. Me di cuenta, en el primer aliento de esta nueva vida, de que era más perverso, diez veces más perverso, que estaba esclavizado a mi genio maléfico primitivo; y ese pensamiento, en aquel momento fortaleció mi ánimo y me deleitó como si fuera vino. Estiré los brazos, exultante por la novedad de estas sensaciones, y al hacerlo, de pronto fui consciente de que mi estatura había menguado.

En aquella época no había espejo en mi habitación; el que hay ahora junto a mí mientras escribo fue traído más tarde, con motivo precisamente de esas transformaciones. La noche, sin embargo, estaba ya muy entrada y el amanecer, todavía oscuro, estaba a punto de alumbrar el nuevo día… a aquellas horas, los habitantes de mi casa estaban sumidos en el sueño de rigor, por lo que decidí, rebosante como estaba de esperanzas y de júbilo, aventurarme bajo mi nuevo envoltorio hasta mi dormitorio. Atravesé el patio, donde las constelaciones me miraron asombradas, podía haber pensado, ya que era el primer ser de esa especie que su insomne vigilancia les había revelado; forastero en mi propia casa, llegué a mi habitación y vi por vez primera el aspecto de Edward Hyde.

Aquí me veo obligado a hablar sólo en teoría, diciendo no lo que sé, sino lo que me imagino más probable. El lado malo de mi naturaleza, al que había transferido el sello de la eficacia, era menos robusto y estaba menos desarrollado que el lado bueno al que acababa de deponer. Además, en el transcurso de mi vida, que había sido, después de todo, una vida de esfuerzo, virtud y control en sus nueve décimas partes, dicho lado había sido mucho menos ejercitado y estaba mucho menos agotado. De ahí, creo yo, que Edward Hyde fuese mucho más pequeño, más ligero y más joven que Henry Jekyll. Del mismo modo que el bien resplandecía en el semblante de uno, el mal estaba claramente grabado en el rostro del otro. Además, el mal (al que todavía debo considerar el lado letal del hombre) había dejado en aquel cuerpo una impronta de deformidad y de decadencia. Y sin embargo, al contemplar en el espejo aquella fea imagen, no sentí la menor repugnancia, sino más bien un impulso de bienvenida. Aquél también era yo. Parecía natural y humano. Traía a mis ojos una imagen más realista del espíritu, parecía más directo y simple que el semblante imperfecto y escindido que hasta entonces solía considerar mío. Y en eso tenía indudablemente razón. He observado que cuando adoptaba la apariencia de Edward Hyde, nadie podía acercarse a mí al principio sin una visible aprensión física. Esto, según creo, se debía a que todos los seres humanos, tal como los conocemos, son una mezcla del bien y del mal; mientras que Edward Hyde era el único representante del mal puro en todo el ámbito del género humano.

Me quedé sólo un momento ante el espejo: el segundo y concluyente experimento todavía quedaba por hacer; aún quedaba por ver si había perdido irremediablemente mi identidad y debía huir, antes de que amaneciese, de una casa que ya no era mía; y volví corriendo a mi gabinete, preparé otra vez la pócima y me la bebí, sufrí una vez más los tormentos de la disolución, y de nuevo volví a mi ser, recobrando la naturaleza, la estatura y el rostro de Henry Jekyll.

Aquella noche había llegado a una encrucijada fatal. Si hubiera enfocado mi descubrimiento con un espíritu más noble, si hubiera corrido el riesgo del experimento estando bajo la influencia de aspiraciones generosas o piadosas, todo habría sido diferente, y de aquellas angustias de muerte y de nacimiento habría surgido un ángel en lugar de un demonio. La droga no tenía ningún efecto discriminatorio; no era ni diabólica ni divina; tan sólo hacía temblar las puertas de la cárcel de mi temperamento y, como los cautivos de Filipos, lo que estaba dentro salía al exterior. Por aquel entonces mi virtud dormitaba; lo que había de malo en mí, que la ambición mantenía despierto, estaba alerta y dispuesto a no dejar escapar la ocasión; y lo que estaba planeado era Edward Hyde. Por lo tanto, aunque ahora tenía dos naturalezas lo mismo que dos apariencias, una de ellas era completamente malvada, y la otra seguía siendo el viejo Henry Jekyll, ese incongruente compuesto de cuya reforma y mejora había aprendido ya a desesperar. Así que la tendencia estaba totalmente orientada hacia lo peor.

Ni siquiera entonces había superado todavía mi aversión a la aridez de una vida dedicada al estudio. A veces seguía teniendo una alegre disposición; y como mis placeres eran indecorosos (por no decir otra cosa peor), y no sólo era bien conocido y muy considerado, sino que me estaba haciendo mayor, esa incoherencia de mi vida se iba haciendo cada día más incómoda. Fue por ahí por donde mi nuevo poder me tentó hasta hacerme caer en la esclavitud. No tenía más que beber la pócima e inmediatamente me libraría del cuerpo del eminente profesor y adoptaría, como un grueso capote, el de Edward Hyde. La idea me hacía sonreír; en aquel tiempo me parecía graciosa; por tanto hice mis preparativos con el mayor esmero posible. Alquilé y amueblé aquella casa en el Soho adonde llegó la policía siguiendo la pista de Hyde; y contraté como ama de llaves a una criatura de cuyo silencio y pocos escrúpulos tenía buena constancia. Por otra parte, anuncié a la servidumbre que un tal Mr. Hyde (del que di su descripción) debía gozar de total libertad y plenos poderes en mi casa de la plaza; y, para evitar contratiempos, incluso la visité bajo mi nueva caracterización para que se familiarizasen con mi presencia. Luego redacté aquel testamento al que tantos reparos pusiste; de modo que, si algo me sucedía en mi personificación del doctor Jekyll, pudiera pasarme a la de Edward Hyde sin pérdidas pecuniarias. Y fortalecido así en ambos flancos, eso creía, empecé a sacar provecho de las inesperadas inmunidades de mi situación.

Antes los hombres alquilaban matones para llevar a cabo sus crímenes, mientras que sus propias personas y su reputación quedaban a cubierto. Yo fui el primero que hizo eso para satisfacer mis placeres. Era el primero que podía, de esta manera, aparecer públicamente revestido de una cordial respetabilidad, y un instante después, como un colegial, despojarme de aquellos préstamos y tirarme de cabeza al mar de la libertad. Y sin embargo, envuelto en un manto impenetrable, para mí la seguridad era completa. Imagínate… ¡ni siquiera existía! Me bastaba con poder escapar por la puerta del laboratorio, y disponer de un par de segundos para mezclar y tomarme el bebedizo que siempre tenía preparado; y, fuera lo que fuese lo que hubiera hecho, Hyde desaparecería como el vaho del aliento en un espejo; y en su lugar, tranquilamente en su casa, despabilando la lámpara de su despacho a medianoche, pudiéndose permitir reírse de cualquier sospecha, sería Henry Jekyll.

Los placeres que me apresuré a buscar bajo este disfraz fueron, como he dicho, indecorosos; no me atrevería a emplear un término más severo. Pero, en manos de Edward Hyde, pronto empezaron a derivar hacia lo monstruoso. Cuando volvía de aquellas correrías, a menudo me sumía en una especie de asombro ante mi vicaria depravación. Aquel demonio familiar que hice surgir de mi propia alma, y solté para que hiciese cuanto se le antojara, era un ser de una maldad y vileza inherentes; todos sus actos y pensamientos se centraban en sí mismo; bebía el placer con avidez bestial infligiendo a los demás toda clase de torturas; era tan implacable como una estatua de piedra. Henry Jekyll se horrorizaba a veces ante los actos de Edward Hyde; pero la situación estaba al margen de las leyes ordinarias, y se evadía insidiosamente del control de la conciencia. Después de todo, el culpable era Hyde, y sólo Hyde. Jekyll no estaba peor; volvía a despertarse con sus buenas cualidades aparentemente intactas; incluso se apresuraba, cuando ello era posible, a reparar el mal hecho por Hyde. Y así su conciencia se adormecía.

No tengo intención de entrar en detalles acerca de la infamia de la que, de este modo, fui cómplice (pues ni siquiera ahora puedo admitir apenas que la cometí); sólo quiero señalar las advertencias y las sucesivas etapas mediante las cuales se fue acercando mi castigo. Sufrí un accidente que, como no tuvo consecuencias, no haré más que mencionar. Un acto de crueldad con una niña atrajo sobre mí la ira de un transeúnte, al que reconocí el otro día en la persona de un pariente tuyo; el médico y la familia de la niña se unieron a él; hubo momentos en que temí por mi vida; y por fin, para apaciguar su más que justo enfado, Edward Hyde tuvo que llevarlos hasta la puerta y pagarles con un cheque extendido a nombre de Henry Jekyll. Pero aquel peligro fue fácilmente eliminado en lo sucesivo, abriendo una cuenta en otro banco a nombre del propio Edward Hyde; y cuando, torciendo un poco la escritura, hube proporcionado una firma a mi doble, creí hallarme a salvo de los embates del destino.

Unos dos meses antes del asesinato de sir Danvers, había salido yo a correr una de mis aventuras, de la que regresé muy tarde, y al día siguiente me desperté en la cama con unas sensaciones un tanto extrañas. En vano miré a mi alrededor; en vano vislumbré el decoroso mobiliario y las amplias proporciones de mi habitación en la casa de la plaza; en vano reconocí el estampado de los cortinajes del lecho y el diseño del armazón de caoba; algo seguía insistiendo en decirme que no me encontraba donde creía encontrarme, que no me había despertado donde parecía estar, sino en la pequeña habitación del Soho en la que solía dormir en el cuerpo de Edward Hyde. Sonreí para mis adentros y, siguiendo mis hábitos psicológicos, me puse a investigar lentamente los componentes de aquella ilusión y, mientras lo hacía, volví a caer, de vez en cuando, en una agradable somnolencia matutina. Seguía ocupado en aquello cuando, en uno de los momentos en que me encontraba más despierto, mis ojos repararon en una de mis manos. Pues bien: Henry Jekyll (como me has comentado muchas veces) tenía las manos típicas de un profesional tanto en forma como en tamaño: grandes, firmes, blancas y delicadas. Pero la mano que vi en aquellos momentos con bastante claridad a la luz amarillenta de la media mañana londinense, medio cerrada sobre el embozo de la cama, era delgada, nervuda, nudosa, de una palidez fosca, y estaba cubierta por abundante vello oscuro. Era la mano de Edward Hyde.

Debí de quedarme mirándola fijamente cerca de medio minuto, sumido como estaba en el mero estupor del asombro, antes de que el terror despertase en mi pecho, tan inesperado y sobrecogedor como el estrépito de unos platillos, y saltando de la cama, me precipitara hacia el espejo. Al ver lo que se encontraron mis ojos, me pareció que mi sangre se volvía menos espesa y sumamente helada. Sí, me había acostado como Henry Jekyll y había despertado como Edward Hyde. ¿Cómo podía explicarse eso?, me pregunté; y luego, con otro sobresalto de terror: ¿cómo iba a remediarlo? Aquello ocurrió ya muy entrada la mañana; la servidumbre ya se había levantado; todas mis drogas estaban en el gabinete… desde donde me encontraba, paralizado por el terror, tenía que recorrer un largo trayecto: bajar dos tramos de escaleras, recorrer el pasillo de atrás, cruzar el patio y atravesar la sala de anatomía. Podría, en efecto, cubrirme el rostro; pero ¿de qué serviría eso, si no podía ocultar el cambio de estatura? Y entonces, con gran alivio consolador, me vino a la memoria que la servidumbre estaba ya acostumbrada a las idas y venidas de mi segundo yo. En seguida me vestí, lo mejor que pude, con ropas de mi propia talla; no tardé en atravesar la casa, donde Bradshaw me miró fijamente y retrocedió al ver a Mr. Hyde a semejante hora y con tan extraño atavío; y diez minutos después, el doctor Jekyll había recuperado su propia apariencia y estaba sentado, con expresión sombría, fingiendo que desayunaba.

La verdad es que tenía poco apetito. Aquel inexplicable incidente, aquella inversión de mi experiencia anterior, parecía deletrear mi sentencia, como los dedos sobre el muro babilónico; y empecé a reflexionar más seriamente que nunca acerca de las consecuencias y posibilidades de mi doble existencia. Aquella parte de mí que yo tenía el poder de proyectar últimamente había sido muy ejercitada y fomentada; en los últimos tiempos tenía la impresión de que el cuerpo de Edward Hyde había aumentado de estatura, como si (cuando adoptaba aquella forma) notara una mayor afluencia de sangre; y empecé a barruntar el peligro de que, si aquello se prolongaba mucho, mi equilibrio mental podría ser destruido irreparablemente, que podría perder la facultad de cambiar a voluntad, y que la personalidad de Edward Hyde se apoderaría de mí irrevocablemente. El poder de la droga no siempre se había manifestado igual de eficaz. Una vez, muy al principio de mi carrera, me había fallado por completo; a partir de entonces en más de una ocasión me había visto obligado a doblar la dosis, e incluso una vez, arrostrando un infinito peligro de muerte, a triplicarla; y hasta la fecha aquellas raras incertidumbres habían sido la única sombra que empañaba mi satisfacción. Ahora, sin embargo, a la luz del accidente de aquella mañana, llegué a la conclusión de que, en tanto que al principio la dificultad había residido en quitarse de encima el cuerpo de Jekyll, posteriormente, de forma gradual aunque decidida, dicho inconveniente se había transferido al lado contrario. Por consiguiente, todo parecía indicar que estaba perdiendo lentamente el control de mi personalidad original y mejor, y que poco a poco me estaba convirtiendo en mi segundo y peor yo.

Me di cuenta de que debía elegir entre las dos. Mis dos naturalezas compartían una misma memoria, pero todas las demás facultades estaban bastante desigualmente repartidas entre ellas. Jekyll (que era un compuesto), unas veces con el más sensible recelo, otras con vehemente entusiasmo, planeaba y compartía los placeres y aventuras de Hyde; pero a Hyde le tenía sin cuidado Jekyll, o a lo sumo se acordaba de él como el bandolero montaraz recuerda la cueva en la que se oculta de sus perseguidores. Jekyll se interesaba más que un padre; Hyde mostraba mayor indiferencia que un hijo. Unir mi suerte a la de Jekyll suponía renunciar a aquellos apetitos a los que durante tanto tiempo había cedido a escondidas y que últimamente había empezado a consentir. Compartirla con Hyde significaba renunciar a miles de intereses y aspiraciones, y convertirme, de golpe y para siempre, en un ser despreciado y sin amigos.

La apuesta podía parecer desigual; pero había que sopesar otra consideración; pues mientras que Jekyll padecía con desazón los ardores de la abstinencia, Hyde ni siquiera era consciente de todo lo que había perdido. Por extraña que fuera mi situación, los términos de este debate son tan viejos y vulgares como el hombre mismo; pues son poco más o menos los mismos estímulos y temores los que deciden la suerte de cualquier pecador que se enfrenta tembloroso a la tentación; y me sucedió lo que a la inmensa mayoría de mis semejantes: que elegí la mejor parte pero descubrí que carecía de energías para ceñirme a ella.

Sí, elegí al médico descontento y de edad avanzada, rodeado de amigos y que tan honradas esperanzas abrigaba; y me despedí resueltamente de la libertad, la relativa juventud, el paso ligero, los impulsos repentinos y los placeres secretos de los que había disfrutado bajo el disfraz de Hyde. Tomé aquella decisión quizás con cierta reserva inconsciente, pues no abandoné la casa del Soho, ni destruí la ropa de Edward Hyde, que todavía sigue lista en mi gabinete. Sin embargo, durante un par de meses fui fiel a mi determinación; durante dos meses llevé una vida más austera de lo que nunca había conseguido llevar, y disfruté de las compensaciones de una conciencia tranquila. Pero finalmente el tiempo empezó a hacerme olvidar la inmediatez de aquellos temores; los halagos de la conciencia comenzaron a convertirse en cosa normal; empecé a sentirme torturado por angustias y anhelos, como si Hyde forcejeara para liberarse; y al fin, en un momento de debilidad moral, volví una vez más a preparar y apurar de un trago el bebedizo transformador.

Supongo que cuando un borracho razona consigo mismo acerca de su vicio, ni una sola vez entre quinientas se siente afectado por los peligros que le hace correr su brutal insensibilidad física; tampoco yo, por mucho que haya examinado mi situación, tuve bastante en cuenta la completa insensibilidad moral y la insensata disposición al mal, que eran los rasgos dominantes de Edward Hyde. Sin embargo, a causa de ellos fui castigado. Mi demonio llevaba mucho tiempo enjaulado y salió rugiendo. Era consciente, incluso mientras me tomaba el bebedizo, de que mi propensión al mal era cada vez más desenfrenada, más furiosa. Debió de ser eso, imagino, lo que provocó en mi alma aquella tempestuosa impaciencia con que escuché las cortesías de mi desdichada víctima; al menos, declaro ante Dios que ningún hombre moralmente sano podía haber sido culpado de aquel crimen en base a tan irrisoria provocación; y que le golpeé con la misma falta de juicio con que un niño enfermo podría romper un juguete. Pero me había despojado voluntariamente de todos aquellos instintos compensatorios mediante los cuales incluso el peor de nosotros sigue su camino con cierto grado de estabilidad en medio de las tentaciones; y en mi caso, ser tentado, aunque fuera levemente, suponía caer.

En el acto se despertó en mí el espíritu infernal y me puse furioso. Con un arrebato de júbilo, vapuleé aquel cuerpo que no ofrecía resistencia, saboreando con deleite cada golpe; y sólo cuando empezó a manifestarse el cansancio, sentí de pronto, en la cima de mi delirio, que un frío estremecimiento de horror me traspasaba el corazón. Al disiparse aquella niebla, comprendí que mi vida estaba sentenciada; y hui del escenario de aquellos excesos, exultante y tembloroso al mismo tiempo, complacidas y estimuladas mis ansias de mal, más exaltado que nunca mi amor a la vida. Corrí a mi casa en el Soho, y (para mayor seguridad) destruí mis documentos; salí de allí a las calles iluminadas por farolas, con la mente escindida por el mismo éxtasis, recreándome en mi crimen, tramando despreocupadamente otros para el futuro, y sin embargo apresurándome y atento por si oía los pasos de mis perseguidores.

Hyde tenía una canción en los labios mientras preparaba el brebaje, y al tomárselo brindó por el hombre muerto. Todavía no habían terminado de desgarrarlo los tormentos de la transformación, cuando Henry Jekyll, derramando abundantes lágrimas de gratitud y remordimiento, cayó de rodillas y alzó al cielo las manos entrelazadas. El velo de la autocompasión se había rasgado de arriba abajo y vi mi vida en su totalidad; la seguí desde los días de mi infancia, cuando paseaba de la mano de mi padre, y a través de los trabajos abnegados de mi vida profesional, hasta llegar una y otra vez, con la misma sensación de irrealidad, a los tremendos horrores de aquella noche. Estuve a punto de gritar; traté de calmar con lágrimas y oraciones la repugnante multitud de imágenes y sonidos que se desbordaban en mi recuerdo; y sin embargo, en medio de las súplicas, el feo rostro de mi iniquidad miraba al interior de mi alma. Cuando aquel remordimiento agudo empezó a desvanecerse, lo siguió una sensación de júbilo. El problema de mi conducta estaba solucionado. A partir de entonces Hyde ya no era posible; lo quisiera yo o no, ahora estaba reducido a la mejor parte de mi existencia; y ¡oh, cómo me regocijó pensar en eso!, ¡con qué complaciente humildad abracé de nuevo las restricciones de la vida normal!, ¡con qué sincera renunciación cerré la puerta por la que tan a menudo había entrado y salido, y destrocé la llave bajo mis pies!

Al día siguiente llegó la noticia de que el asesinato había sido investigado, que la culpabilidad de Hyde era evidente para todo el mundo, y que la víctima era un hombre muy estimado públicamente. No fue sólo un crimen, había sido un trágico desatino. Creo que me alegré de saberlo; creo que me alegré de que mi terror al patíbulo hubiese apuntalado y protegido mis mejores impulsos. Jekyll era ahora mi baluarte; si Hyde asomara por un momento, todo el mundo alzaría las manos para detenerlo y matarlo.

Decidí redimir el pasado con mi conducta futura; y puedo decir con toda sinceridad que mi decisión produjo algún bien. Tú sabes con cuánto empeño me esforcé en los últimos meses del año pasado por aliviar los sufrimientos; y también sabes lo mucho que hice por los demás, y que los días pasaban tranquilamente, casi felizmente para mí. Tampoco puedo decir realmente que me cansara de aquella vida inocente y caritativa; creo, por el contrario, que cada día disfrutaba más de ella; pero todavía padecía mi dualidad de propósitos; y mientras se embotaba el primer filo de mi arrepentimiento, mi parte más ruin, consentida durante tanto tiempo y tan recientemente encadenada, empezaba a refunfuñar pidiendo licencia. No es que pensara en resucitar a Hyde; la simple idea de hacer eso me asustaba hasta el paroxismo: no, era mi propia persona la que una vez más estaba tentada de jugar con mi conciencia; y a escondidas, como un vulgar pecador, fue como acabé cediendo a los asaltos de la tentación.

A todas las cosas les llega su fin; incluso la medida de mayor capacidad termina por colmarse; y aquella breve condescendencia con lo que había de malo en mí finalmente destruyó el equilibrio de mi alma. Y sin embargo, no estaba alarmado; la caída parecía normal, como una vuelta a los viejos tiempos anteriores a mi descubrimiento. Era un hermoso y claro día de enero, con el suelo mojado por haberse fundido la escarcha, pero sin nubes en el cielo; y Regent's Park estaba lleno de gorjeos invernales y dulces fragancias primaverales. Me senté al sol en un banco; el animal que llevo dentro se relamía en sus recuerdos; el lado espiritual estaba un poco adormecido, prometiendo un posterior arrepentimiento, pero sin decidirse a empezar. Después de todo, pensaba, soy como mis semejantes; y entonces sonreí, comparándome con los demás hombres, comparando mi buena voluntad tan activa con la desidiosa crueldad de su negligencia. Y en el momento mismo en que aquel pensamiento de vanagloria cruzaba mi mente, me sobrevino un mareo, una náusea horrorosa y unos tremendos escalofríos. Los síntomas desaparecieron, pero quedé exhausto; y entonces, cuando a su vez disminuyó la debilidad, empecé a darme cuenta de un cambio en mis pensamientos, una mayor audacia, un desprecio al peligro, una disolución de las ataduras del deber. Bajé la mirada; mis ropas colgaban informes sobre mis miembros encogidos; la mano que reposaba sobre mi rodilla era nudosa y peluda. De nuevo me había convertido en Edward Hyde. Un momento antes era digno del respeto de todo el mundo, rico y querido... la mesa preparada me esperaba en el comedor de mi casa; ahora, en cambio, me había convertido en una vulgar presa de los hombres, un perseguido, sin hogar, un conocido asesino, candidato al cadalso.

Mi razón flaqueó, pero no me falló del todo. Más de una vez había observado que, en mi segunda personificación, mis facultades parecían haberse agudizado hasta cierto punto y mi ánimo haberse vuelto más tenso y elástico; y así sucedió que, allí en donde Jekyll quizás hubiese sucumbido, Hyde estuvo a la altura de las circunstancias. Mis drogas estaban en una de las vitrinas de mi gabinete; ¿cómo llegar a ellas? Ese era el problema que (estrujándome las sienes con las manos) me puse a resolver. Había cerrado la puerta del laboratorio. Si intentaba entrar por la casa, mis propios criados me enviarían al patíbulo. Comprendí que tenía que utilizar a otra persona, y pensé en Lanyon. Pero ¿cómo llegar hasta él?, ¿cómo persuadirlo? Suponiendo que lograse evitar que me capturasen en la calle, ¿cómo iba a abrirme paso hasta él?, y ¿cómo podía yo, un visitante desconocido y desagradable, convencer al famoso médico para que desvalijara el despacho de su colega, el doctor Jekyll? Entonces recordé que todavía me quedaba una parte de mi personalidad original: podía escribir con mi propia letra; y en cuanto tuve aquella brillante ocurrencia, el camino a seguir quedó iluminado desde el principio hasta el final.

Inmediatamente después, me arreglé la ropa lo mejor que pude, y llamando a un cabriolé con pescante que pasaba por allí, me dirigí a un hotel en Portland Street, cuyo nombre recordé por casualidad. Al ver mi aspecto (que la verdad es que era bastante cómico, por trágico que fuera el destino que aquella ropa ocultaba), el cochero no pudo ocultar la risa. Rechiné los dientes ante él en un acceso de furia diabólica, y la sonrisa se desvaneció de su rostro... afortunadamente para él... pero todavía más para mí, pues si se hubiera prolongado sólo un momento más sin duda lo habría arrojado de su pescante. Cuando entré en la posada, miré a mi alrededor con tan adusto semblante que hice temblar a los empleados; no intercambiaron ni una sola mirada en mi presencia, sino que atendieron servilmente mis órdenes, me condujeron a una habitación privada y me trajeron recado de escribir. Cuando su vida peligraba, Hyde se convertía en una criatura nueva para mí: se estremecía desmesuradamente de ira, se excitaba hasta bordear el asesinato, deseaba hacer sufrir a sus semejantes. Sin embargo aquel ser era astuto; dominó su furia con un gran esfuerzo de voluntad; escribió dos cartas importantes, una para Lanyon y otra para Poole; y, para asegurarse de que eran cursadas, las mandó con instrucciones de que fueran certificadas.

A partir de entonces permaneció todo el día en su habitación junto al fuego, mordiéndose las uñas; allí cenó, sentado a solas con sus temores, con el camarero visiblemente acobardado en su presencia; y desde allí, cuando se hizo completamente de noche, partió en un coche de alquiler cerrado, oculto en un rincón, y fue conducido de un lado a otro por las calles de la ciudad. Digo él... pues no puedo decir yo. Aquel ser infernal no tenía nada de humano; en él no habitaba más que el miedo y el odio. Y cuando por fin, creyendo que el cochero había empezado a abrigar sospechas, despidió el coche y, ataviado con sus ropas demasiado grandes que le hacían llamar la atención, se aventuró a andar en medio de los transeúntes nocturnos, aquellas dos degradantes pasiones bramaban en su interior como una tempestad. Caminaba deprisa, perseguido por sus temores, hablando consigo mismo, escondiéndose en las calles menos transitadas, contando los minutos que todavía lo separaban de la medianoche. En una ocasión le habló una mujer, ofreciéndole, creo, una caja de cerillas. Él la golpeó en el rostro y ella huyó.

Cuando volví a mi ser en casa de Lanyon, quizá me afectó un poco el horror manifestado por mi viejo amigo: no lo sé; al menos fue sólo una gota en el océano de odio con que rememoraba aquellas horas. Un cambio se había producido en mí. Ya no era el miedo al patíbulo, era el pavor de ser Hyde lo que me atormentaba. Acogí la condena de Lanyon en parte como un sueño; y en parte como un sueño regresé a mi propia casa y me metí en la cama. Tras el abatimiento de aquel día, dormí con un sueño intenso y profundo que ni siquiera pudo interrumpir la pesadilla que me dejó extenuado. Me desperté por la mañana desconcertado, debilitado, pero repuesto. Seguía odiando y temiendo la idea de que en mi interior dormía una bestia, y no había olvidado, por supuesto, los peligros del día anterior; pero estaba otra vez en casa, en mi propia casa y cerca de mis drogas; y la gratitud por haber logrado escapar brillaba tan intensamente en mi alma que casi rivalizaba con el resplandor de la esperanza.

Paseaba sin prisas por el patio después del desayuno, aspirando con deleite el frescor del aire, cuando volvieron a apoderarse de mí aquellas sensaciones indescriptibles que anunciaban el cambio; y apenas si tuve tiempo de ponerme a cubierto en mi gabinete, cuando una vez más las pasiones de Hyde me pusieron furioso y me dejaron paralizado. En aquella ocasión necesité una dosis doble para volver a ser yo mismo; y, ¡ay de mí!, seis horas más tarde, mientras estaba sentado contemplando con tristeza el fuego, volvieron las angustias y tuve que administrarme de nuevo la droga. En pocas palabras, a partir de aquel día pareció que sólo mediante un gran esfuerzo, como en la gimnasia, y sólo bajo el inmediato estímulo de la droga, era yo capaz de conservar el aspecto de Jekyll. A cualquier hora del día y de la noche me asaltaban aquellos estremecimientos premonitorios; sobre todo, si me dormía, o incluso si dormitaba un momento en el sillón, me despertaba siempre como Hyde.

Bajo la tensión de aquel funesto destino que continuamente se cernía sobre mí, y a causa del insomnio al que me había condenado yo mismo, sí, incluso más allá de lo que había creído humanamente posible, me convertí, sin perder mi propia personalidad, en un ser devorado y consumido por la fiebre, débil y enfermizo de cuerpo y de mente, y únicamente dominado por una sola idea: el horror a mi otro yo. Pero cuando me dormía, o cuando desaparecía el efecto del medicamento, sin apenas transición (pues los dolores de la transformación cada día eran menos acusados), se apoderaba de mí una fantasía plagada de imágenes aterradoras, mi alma bullía de odios sin motivo, y mi cuerpo no parecía lo bastante fuerte para contener las irrefrenables energías de la vida.

Los poderes de Hyde parecían haber aumentado con la mala salud de Jekyll. Y sin duda, el odio que ahora los dividía era igual por ambas partes. Para Jekyll era una cuestión de instinto vital. Había conocido ya toda la deformidad de aquel ser que compartía con él algunos de los fenómenos de conciencia, y era su coheredero hasta de la muerte: más allá de aquellos lazos comunes, que en sí mismos constituían la parte más intensa de su sufrimiento, pensaba que Hyde era, pese a toda su energía vital, algo no sólo infernal sino inorgánico. Eso era lo más espantoso: que el limo del abismo parecía proferir gritos y voces; que el polvo amorfo gesticulaba y pecaba; que lo que estaba muerto y carecía de forma usurpaba las funciones de la vida. Y también esto: que aquel horror insurgente estaba unido a él más estrechamente que una esposa, o que un ojo; estaba enjaulado en su cuerpo, donde le oía murmurar y sentía cómo se esforzaba por renacer; y que en cualquier momento de debilidad, y durante la relajación del sueño, se impondría sobre él y lo desposeería de la vida.

El odio de Hyde por Jekyll era de otro orden. Su terror al patíbulo lo empujaba continuamente a cometer un suicidio temporal, y a volver a su condición de parte subordinada y no de persona; pero aborrecía la necesidad, aborrecía el desaliento en que Jekyll había caído ahora, y le ofendía la aversión que su presencia provocaba. De ahí las simiescas jugarretas que le gastaba, garabateando blasfemias en las páginas de los libros con mi propia letra, quemando las cartas y destruyendo el retrato de mi padre; y en efecto, de no haber sido por su miedo a morir, hace tiempo que se habría destruido a sí mismo con tal de arrastrarme a mí a la destrucción. Pero su amor a la vida es asombroso; y aún diría más: yo, que me pongo enfermo y siento escalofríos sólo de pensar en él, cuando recuerdo lo abyecto y apasionado que es ese apego suyo a la vida, y me doy cuenta de hasta qué punto le aterra el poder que tengo sobre él de eliminarlo mediante el suicidio, compruebo que en el fondo lo compadezco.

Es inútil prolongar esta descripción, y de veras me falta tiempo para ello; baste con decir que nadie ha sufrido nunca semejantes tormentos; y sin embargo la costumbre de sobrellevarlos me ha proporcionado... no alivio, desde luego… sino una cierta insensibilidad en el alma, una cierta conformidad con la desesperación; y mi castigo podría haberse prolongado durante años, de no ser por la última calamidad que acaba de acontecer, y que finalmente me ha despojado de mi propio rostro y naturaleza. Mi provisión de aquella sal, que no había sido renovada desde mi primer experimento, empezó a escasear. Envié a por un nuevo suministro, y mezclé la poción; se produjo la consiguiente ebullición y el primer cambio de color, aunque no el segundo; me la bebí, pero no surtió efecto. Sabrás por Poole cómo he registrado todo Londres; fue en vano; y ahora estoy persuadido de que mi primer suministro era impuro, y que fue esa impureza desconocida la que prestó eficacia a la pócima.

Ha pasado alrededor de una semana, y ahora estoy terminando esta declaración bajo la influencia del último resto de los viejos polvos. Esta es, pues, la última vez, a menos que ocurra un milagro, que Henry Jekyll puede pensar por sí mismo o contemplar su propio rostro (¡ahora tan lamentablemente alterado!) en el espejo. Y no debo demorar demasiado la terminación de mi escrito; pues si mi relato se ha librado hasta ahora de la destrucción, ha sido gracias a la combinación de una gran prudencia y de abundante buena suerte. Si mientras escribo me vinieran los dolores del cambio, Hyde haría pedazos esta declaración; pero si transcurre algún tiempo después de que la guarde, su sorprendente egoísmo y su circunscripción al momento probablemente la librarán una vez más de su rencor simiesco. Y la verdad es que el funesto destino que se cierne sobre nosotros dos ha contribuido también a cambiarlo y a abrumarlo. Dentro de media hora, cuando una vez más, y para siempre, vuelva a adoptar esa odiosa personalidad, sé que permaneceré sentado en mi sillón, temblando y llorando, o continuaré yendo y viniendo por esta habitación (mi último refugio en este mundo), en un tenso arrebato de pánico, prestando oídos a cualquier ruido que pueda suponer una amenaza.

¿Morirá Hyde en el cadalso? ¿O encontrará el valor suficiente para liberarse por sí mismo en el último momento? Sólo Dios lo sabe; me trae sin cuidado; yo muero en este preciso instante, y lo que venga después concierne a otro, no a mí. Aquí, pues, mientras dejo a un lado la pluma y me dispongo a lacrar mi confesión, pongo fin a la vida del desdichado Henry Jekyll.